AF236908

DER STEINBRUCH-KONTRAKT

EVA FRIEKO

Name des Autors

Andre Tomaseli, genannt Il Bianco der Weiße Mann, milliardenschwerer Aktionär und Kiesgrubenbesitzer achtet darauf, dass sein blütenweißer Maßanzug makellos bleibt, die Drecksarbeit machen andere für ihn. Er umgibt sich mit mächtigen Freunden aus Politik und Wirtschaft.

Der Steuerprüfer Hubert Steinwender entdeckt zufällig in einem Steinbruch eine Höhle in der Fässer mit gefährlichem Inhalt lagern. Dioxin. Der Besitzer ist Andre Tomaseli.

Um eine Umweltkatastrophe zu verhindern, ordnet Edwin Bauer eine sichere Entsorgung durch Spezialisten an.

Hubert und seine Bürokollegin Stefanie Schwarzl werden bedroht und erpresst. Wird es Edwin Bauer vom Bundeskriminalamt gelingen, das Syndikat zu zerschlagen?

1

Er stand unsicher und zittrig auf einer kleinen Plattform hinter einem Felsen und hielt seine Kamera fest in der Hand. Wie um Hilfe suchend, krallte er sich fest an den harten Kalkstein. So hoch hatte er sich noch nie in den oberen Stufen-Abschnitt des Steinbruchs gewagt. Die Sonne blendete, bot gleichzeitig das beste Licht für eine perfekte Aufnahme. Hubert fotografierte leidenschaftlich gerne Steinformationen in den Steinbrüchen. Diese Wunden im Felsen, die während Jahrtausenden die Natur aber auch der Mensch geschlagen hatte, empfand er beeindruckend und mystisch schön. Er dachte an seine Frau. Was die wohl zu dieser Situation sagen würde?

Seine Frau Sophie verbrachte ihre Freizeit während seiner Foto-Ausflüge beim Tennisspiel mit ihren Freunden. Er widmete sich lieber seinem Hobby. Diesen Steinbruch im Annagraben hatte er bisher noch nie als Motiv gewählt. Das Schild, Betreten verboten hatte ihn abgeschreckt. Er wollte sich als leitender Angestellter beim Finanzamt Graz Stadt keine Anzeige wegen Besitzstörung erlauben. Seine Charakterstärke war konträr zu seiner Feigheit und Trägheit in sportlicher Hinsicht. Jedoch dieser verlassen wirkende Ort mit den uralten, rostigen Gittern und Abbruchmaschinen, war zu verlockend für ihn gewesen, sodass er über seinen eigenen Schatten sprang. Ein perfektes Bild als Ergebnis für die geduldige Suche nach dem richten Licht war sein mentaler Ausgleich zu seiner anstrengenden Büro-Tätigkeit beim Finanzamt. Er prüfte und kontrollierte nochmals die Abschlussberichte der Steuerprüfer, besprach mit ihnen die Ergebnisse und traf entsprechende Entscheidungen.

Dieser korrekte Mag. Hubert Steinwender für den sogar ein Strafmandat wegen Falschparken ein unmögliches schweres Delikt wäre, versteckte sich nun hinter einem Felsen gekauert, weil er unten am Gelände ein Auto einfahren hörte. Seinen eigenen Wagen hatte er vorsichtshalber zwei Kurven entfernt in einer Nische neben der Straße geparkt. Er befand sich unerlaubt im Gelände, das wusste er und wollte keinesfalls entdeckt werden. Wenn man den Charakter von Hubert beschreiben würde, er war kurz und bündig ein unsportlicher Feigling.

Bange Minuten. Auto-Türen wurden auf und zugeschlagen. Er konnte nichts sehen, verhielt sich ruhig. Er hörte knirschende Schritte am Kies, dann ein kratzendes Geräusch einer Eisentür. Eine endlos empfundene halbe Stunde lang wurde es bedrohlich still. Seine Muskeln verkrampften sich wegen der Hocke-Stellung, doch er wagte sich nicht zu rühren. Plötzlich waren wieder Schritte und das Zufallen der Autotüren zu hören. Das abfahrende Auto konnte er von seinem Aussichtsplatz aus hinter einer Staubwolke erkennen.

4

Ein großer dunkelblauer BMW bog rechts ab. Noch einige Zeit verharrte er oben auf der Plattform, bis er den Abstieg wagte.

Vorsichtig um sich blickend, kletterte er hinunter. Nun entdeckte er hinter Büschen fast verdeckt, eine rostige Eisentür. Die Neugier ließ ihn leichtsinnig werden. Er fotografierte die Tür, öffnete sie und entdeckte eine Höhle. Einige Schritte tastete er sich in das Innere, schoss mit dem Blitzlicht einige Bilder. Weiter hinten entdeckte er einige große Fässer, die er auch mit seiner Kamera festhielt. Er war überzeugt, dass diese Bilder interessante mystische Eindrücke brachten. Der Ort wirkte gespenstisch und drohend schön wie ein Grab. Spinnweben und rostiges Metall – Motiv für ein perfektes Bild.

Er erschrak, als einige flatternde Tiere, die aussahen wie Vampire, auf ihn zuflogen.

Fluchtartig verließ er den Ort des Schreckens. Wenn er sich weiter in das Innere gewagt hätte, wäre er zu Tode erschrocken, wenn er die Leiche entdeckt hätte. Von seinem Versteck auf der Anhöhe konnte er nicht sehen wie zwei Männer einen schwarzen großen Müllsack in die Höhle schleppten und ganz nach hinten im letzten Winkel der Höhle ablegten. Hier würde sie unentdeckt bleiben, das war gut für die Verbrecher, aber auch für den ängstlichen Hubert Steinwender.

2

"Schatz, hast du schlecht geschlafen?"

Oh Gott, wie kann man am Montagmorgen so eine Frage stellen!

Sophie saß ihrem Mann Hubert entspannt gegenüber, strich ihm sein Butterbrot, legte es auf seinen Teller." Die Marmelade wirst du wohl noch selber auf das Brot streichen", sagte ihr Blick. Hubert schwitzte

Tollpatschig und ungeschickt, wie er nun mal war, rann der Honig über den Finger. Er entschied sich für Honig, nicht für Marmelade. Soll gut für die Nerven sein, dachte er. Seine Brille war angelaufen, er wird stets nervös, wenn er sich beobachtet fühlt. "Ach Sophie, du kennst mich doch wie ich bin, schau mich nicht so tadelnd an, als ob du meine Mutter wärst."

Ihr Blick wurde milder, dann wieder streng: "Weshalb hast du deine älteste Krawatte gewählt?" Sie rückte den Knoten gerade und etwas fester zu. Es drückte ihm die Luft ab. Man sollte auch ältere Dinge nicht vernachlässigen, deshalb nahm er die Krawatte die er lange unbenutzt hängen sah. Tracht kommt sowieso nie aus der Mode.

Montag! Hubert mochte diesen Tag grundsätzlich schon in seiner Kindheit nicht. Doch dieser Montag wurde ihm bereits in der Vorwoche durch seinen Vorgesetzten vergällt. Herr Hofrat Schneider zitierte ihn in dessen Büro. Das kam selten vor, weil er, Mag. Hubert Steinwender seine Arbeit selbständig und korrekt erledigte. Außer zu den Ehrungen und Weihnachtsfeiern gab es keine Berührungspunkte mit dem Finanzamts-Leiter. Knapp, so wie es seine Art war teilte ihm sein Vorgesetzter mit, dass am Montag eine Volontärin seinem Büro als Unterstützung zugeteilt wird. Die Akten waren in letzter Zeit schon wegen der vielen Anträge zwecks Steueraufschubs in Großglockner-Höhe angewachsen. Als ob ihm da so ein junges Ding eine Hilfe wäre! Pah, die wird sich wahrscheinlich die Nägel maniküren und ihm hundertmal pro Tag mit Fragen nerven. Statt einer Erleichterung wird dies eine Erschwernis bedeuten. Während der Fahrt ins Büro in dem Conrad v. Hötzendorfstrasse kämpfte er mit Sodbrennen und Magenschmerzen. Der Sicherheitsgurt drückte in seinen Bauch. Seine sportlichen Ambitionen hielten sich zeit seines Lebens stets in Grenzen. Ab und zu versuchte er es mit Tennis-Spielen. Mittlerweile war er auch schon bei diesem Sport aus der Übung gekommen. Im Gegensatz zu seiner Gattin, die keine Club-Meisterschaft ausließ. Ihre Figur konnte sich sehen lassen.

Der Verkehr floss zäh von Ampel zu Ampel. Früher fuhr er meistens mit der Straßenbahn von seinem Wohnort in Andritz zur Dienststelle. Doch an einem Regentag, wie diesen, war das Auto die bessere Option. Er dachte an den Morgen und an seine Frau und lächelte vor sich hin. Sie hatte Recht, es war eine seiner ältesten breiten alten Krawatten aus den siebziger Jahren die ihm nun seinen Hals abschnürte.

Er liebte seine Frau Sophie sehr. Er sah in Gedanken ihr Gesicht. An die Mulden an ihrem Kinn, in der sie manchmal eine Fingerspitze legte. So wie heute Früh, als sie ihn prüfend ansah. Er liebte ihre Hände, ja er liebte alles an ihr. Doch solche Bemerkungen bereiteten ihm Magenschmerzen. Während er mit dem Auto langsam vorankam, dachte er schon wieder an Sophie.

Sie hatten sich vor zwanzig Jahren bei einer privaten Feier kennen gelernt. Er war damals schon fünfunddreißig Jahre alt, Junggeselle. Der Einzige in seinem privaten Umfeld. Alle seine Studienkollegen waren verheiratet Bei ihm gab es nur ab und zu eine unbedeutende Affäre mit Frauen zweifelhaften Rufes. Seine Schüchternheit war schuld. Er benahm sich verklemmt und stotterte, wenn er mit einer fremden Frau sprach. Bei Sophie war alles anders. Sie kam in sein Leben wie ein Wirbelwind. Mit ihrer offenen unkomplizierten Art gewann sie seine Liebe vom ersten Augenblick. Anfangs bekam er noch schweißnasse, zitternde Hände, wenn er nur an sie dachte. Sie tat stets so, als ob es seine Verklemmtheit nicht gäbe. Mit der Zeit kamen sie sich näher. Er taute auf. Sie gingen ins Kino, sie besuchten gemeinsam Konzerte, tranken Kaffee und er lud sie zum Essen ein. Sie war Kunst-Studentin im zweiten Semester, ständig in Geldnot. Er hatte sich beim Finanzamt Graz schon etabliert und verfügte über ein geregeltes Einkommen. Sie lebte in einer WG und in den Tag hinein. Er: Überpünktlich, korrekt biederer Beamter. Sie: Verträumt, neben der Zeit lebend, unpünktlich, chaotisch. Fünfzehn Jahre jünger als er. Kompliziert wurde ihre Beziehung für ihn, als sie ihn ihren Eltern vorstellen wollte. Bisher wurde nicht über Familien gesprochen. Er hatte nur noch einen Bruder in Wien. Seine Eltern lebten nicht mehr. Selbstverständlich wollte er bis an sein Lebensende mit Sophie zusammen sein, so verliebt war er in sie. Doch seine Schüchternheit war ein Bremsklotz. Sie bereitete ihn vorsichtig auf das Treffen vor. Sie sagte damals zu ihm: „Mein lieber Hubsi, auch wenn du es nicht glaubst, meine Eltern sind nicht so schrecklich wie es aussieht, Lass dich nicht einschüchtern, überlasse mir das Sprechen." Das war ihm sogar lieber, denn das tat sie sowieso. Jedoch blieb ein etwas mulmiges Gefühl bis zum Kennenlernen, weshalb diese Geheimnisse, war diese Familie womöglich schuldbeladen oder gar kriminell?

Er wurde zu einem sogenannten Dinner geladen. Hubert besorgte vorsorglich einen Blumenstrauß für ihre

Gastgeberin, ihre Mutter. Als sie vor dem Anwesen ankamen, dachte er, sie hätten sich an der Adresse geirrt. Eine Prachtvilla mit vorgelagertem Park empfing sie.

"Sophie, du hast mir nie von deiner Familie erzählt, du warst für mich immer die arme liebe Studentin."

Sie antwortete: „Wenn ich meinen vollen Namen meinen Freunden nenne, wissen sie sofort, dass ich ein Abkömmling der bekannten Kaufhaus-Dynastie von Graz bin. Die wollen dann immer Prozente beim Einkauf, oder Gratis-Gutscheine, das nervt. Deshalb beschloss ich den Namen einer Tante anzunehmen. Außerdem gehört das Anwesen meinem Großvater, die übrigen Besitztümer sind ein einer Stiftung verankert. meine Eltern wohnen nur hier in der Villa, weil er es so haben will, nicht freiwillig. Sie würden lieber für sich sein, aber so ist es für alle bequemer und Großvater kann weiter den Tyrannen spielen."

Der Empfang verlief steif und reserviert. Die Mutter dankte hoheitsvoll für die Blumen, um sie gleich einer Angestellten weiter zu reichen. Die Ähnlichkeit mit Sophie sah man ihrem Gesicht noch an, allerdings nur wegen der Botox-Behandlung, die dem Aussehen leider etwas Maskenhaftes verlieh.

Am Tischenden thronte der Patriarch, der Großvater. Sein Adlerblick mit den wasserblauen Augen musterte Hubert lange und ausführlich. Die Hakennase verlieh

11

dem hageren weißen Haupt ausgeprägte Stärke und etwas
Bedrohliches. Er sah einem Adler gleich.

„Setzt euch zu Tisch an diese Seite." Dem Befehl folgte
Sessel-Rücken, Sophies Eltern setzten sich am unteren
Ende der Tafel und Sophie fand ihren Platz direkt neben
ihrem Großvater, ihr gegenüber wurde Hubert
zugewiesen. Sophie streichelte unbekümmert die Hand
des Patriarchen. „Opi, das ist er." Sie deutete auf Hubert
und dieser errötete bis hinter die Ohren wie ein
Schuljunge.

Großvater murmelte halb abwesend. „So, so. Wo ist
David?" Die Mutter beeilte sich zu sagen: "Er lässt sich
entschuldigen, er hatte noch im Geschäft zu tun." David
ist Sophies älterer Bruder, wurde erklärt. Das
Familienoberhaupt läutete mit einer Klingel und die
Angestellte brachte die Vorspeisen und schenkte den
Aperitif in die Gläser. „Zum Wohl auf unseren Gast und
guten Appetit", verkündete Opi, " wie Sophie ihn
liebevoll respektlos nannte. Während eines
mehrgängigen Menüs wurde geschwiegen.

Beim Kaffee benahm sich Sophies Vater betont
burschikos und leutselig. Als er von Huberts Finanzamt-
Anstellung erfuhr, wurde er noch freundlicher.

"Wir Geschäftsleute sind die Steuerzahler und Erhalter
des Sozial-Systems und können uns die Prüfer oft nicht
aussuchen. Manche finden hinter jedem Staubkorn und

jeder Zeile ein verstecktes Goldnugget, das wir vor der Finanz beiseiteschaffen würden. In Wahrheit arbeiten wir hart und zahlen pünktlich die Steuern. Gut so, dass meine Tochter einflussreiche Freunde beim Finanzamt hat. Bei so guten Beziehungen zum Amt wird es in Zukunft bei der nächsten Steuerprüfung sicher einfacher werden. Ha, Ha. Es gibt doch auch einige Prüfer die kurzsichtig sind." Er lachte dabei und schlug Hubert freundschaftlich auf die Schulter.

Hubert war entsetzt. Er, der überkorrekte Beamte würde auch bei seinem eigenen Bruder nicht wegschauen, wenn nicht alles ordnungsgemäß versteuert würde. Mühsam ging der Nachmittag zu Ende. Hubert fühlte sich erlöst, als sie die herrschaftliche Villa verließen.

Das war es, dachte er. Hubert fühlte sich diesem Reichtum gegenüber, sehr klein. Sein Eindruck zur Familie war zwiespältig. Er sagte zu ihr. „Wir beide sind zu verschieden aufgewachsen, ich hätte ständig die Angst, dass mir vorgeworfen wird, nur ein einfacher Beamter zu sein. Geld gehört zu Geld. Sophie lachte über seine Vorbehalte und antwortete: „Ich habe dich gewarnt. So schrecklich arrogant wie du denkst ist meine Familie nicht. Vater macht immer solche Späße bei all seinen Freunden. Außerdem wird sowieso mein Bruder David der Nachfolger des Unternehmens werden, das ist Tradition. Ich bin froh, so bleibt für mich die Freiheit der Kunst. "

Trotz Huberts Bedenken, trafen sich beide immer wieder bei gemeinsamen Freunden. Ihre Beziehung entwickelte sich langsam und vertiefte sich.

Seine Liebe zu Sophie wuchs andauernd mit der Zeit und er konnte sich ein Leben ohne sie nicht mehr vorstellen. Als sich nach einem halben Jahr unverhofft Nachwuchs ankündigte gab Sophie ihr Studium auf. Nach der Hochzeit zog sie vorerst in seine Wohnung. Bald nach der Geburt von Saskia, ihrem Sonnenschein kauften sie das Haus in Andritz, wo sie noch immer wohnen. Anfangs benötigten sie einen Bank-Kredit zur Finanzierung, er wollte keine Unterstützung von Sophies Eltern annehmen. Lediglich das schöne Wohnzimmer wurde vom Großvater als Hochzeitsgeschenk angenommen. Wieder wurde ihm bewusst, wie rasch die Zeit verflogen war.

Hubert stellte sein Auto auf den Parkplatz und lief die Regenpfützen ausweichend, in Richtung des Finanz-Gebäudes.

Mürrisch betrat er sein Büro. Zuerst einmal verschnaufen und noch einen Kaffee trinken, bevor sein Vorgesetzter mit der sogenannten Hilfe antanzen würde, dachte er. Doch dieser Montag erwies sich als besonders anstrengend. Hubert ist Abteilungsleiter beim Finanzamt Graz. Normalerweise war es seine Aufgabe, die Akten der Steuerprüfer noch einmal zu kontrollieren und abzuzeichnen, falls es in Ordnung war. Immer wieder gab es Lücken im System. Erst im Vorjahr war es ihm gelungen, eine maßgebliche Steuerhinterziehung mit Briefkastenfirmen in den Caymann-Inseln zu enttarnen. Der Betrug war so geschickt eingefädelt, die Prüfer übersahen einiges. Dieses sogenannte seriöse Unternehmen hatte es jahrelang geschafft, Gewinne unbemerkt über die Firmenkonten ins Ausland zu transferieren.

Mag. Hubert Steinwender galt intern als der Hubi-Schnüffler mit der Trüffel-Nase. Ja es ist schon richtig, er roch es, wenn ihm etwas faul vorkam schon, bevor er Fakten schuf.

Hubert blinzelte durch die angelaufene Brille mit den Augen. Träumte er oder war er wach? Am Boden vor seinem Schreibtisch saß eine junge Frau im Lotus-Sitz. Üppiger Busen, schmale Taille, die eng anliegende Hose lässt schlanke lange Beine sehen. Die langen, blonden Locken fallen weich über ihre makellose Figur.

„Wie kommen Sie in mein Büro und weshalb sitzen Sie auf dem Boden? Wer sind Sie und was wollen Sie. Ich lasse Sie hinauswerfen."

Hubert bekam kaum Luft vor lauter Ärger über diese Unverschämtheit der fremden Person. Seine Hand griff zum Telefon um den Wachdienst zu rufen. Doch er gelangte mit der Hand nicht zu seinem Schreibtisch .Der Hintern der Dame und eine Yogamatte verhinderte den

Zugang zu seinem Schreibtisch. Unvermittelt stand die junge Dame geschmeidig wie eine Katze vom Boden auf. Dabei berührten sie sich kurz. Auf Leopolds Stirn bilden sich Schweißtropfen und die Hose wird eng wie sein Krawattenknoten. Schließlich ist er nur ein Mann. Diese Situation überforderte seine Hirnzellen und blockierte sein Sprachzentrum wie in alten Zeiten.

„Hallo mein Name ist Stefanie Schwarzl. aber für Kollegen bin ich die Steffi, ich bin deine Unterstützung im Akten-Berg. Ich wollte mich nicht auf deinem Sessel breit machen, du sollst nicht denken, dass ich dich von deinem eigenen Arbeits- Platz verdränge. Ich nützte die Wartezeit für meine täglichen Yoga-Übungen "

Ach, wie rücksichtsvoll die neue Kollegin ist! Seine Wut steigerte sich. Den Boden darf man offensichtlich okkupieren und gleichzeitig als Yoga-Platz missbrauchen. Er muss für Ordnung schaffen, und zeigen wer hier der Chef ist: Außerdem hatte er ihr nicht das Du angeboten. Diese Vertraulichkeit musste er verbieten. Er plusterte sich in voller Größe auf.

„Mag. Hubert Steinwender, Ressortleiter…" etwas unbeholfen stotterte er noch seinen Amtstitel nach. Peinlich, peinlich.

„Wir sind Kollegen Hubert wer wird da so förmlich sein, du kannst ruhig Steffi zu mir sagen, ich freue mich auf die Zusammenarbeit."

16

Dieser Montag war für ihn so ähnlich wie ein schwarzer Freitag der Dreizehnte. Steffi lächelte ihn charmant mit ihren weißen Zähnen an. Ob sie vielleicht auch für Zahnpasta in ihrer Freizeit Werbung macht? Nein! Sicher für Lippenstifte. Ihr kirschroter Mund lächelt und Hubert ließ sich erschöpft auf seinen Schreibtisch-Sessel fallen.

Steffi war inzwischen bei der Tür und flötete „Ich hole zuerst einen Kaffee für uns, wie magst du ihn am liebsten?"

„Schwarz". Krächzt er. Ja heute trinkt er ihn schwarz. Sonst bevorzugte er Kaffee mit viel Milch.

Sie servierte gleich darauf einen Mocca, so heiß und stark wie ihr Blick.

„Hubert, dein Büro ist nicht riesengroß, wir müssen was verändern, sodass wir uns nicht gegenseitig in die Quere kommen."

Na super, dachte er, da kommt so ein Weib und will mein Büro, das seit zehn Jahren unverändert vertraut und nostalgisch verstaubt ist, umgestalten. Der Hausmeister brachte auf ihre Anweisung hin einen kleinen Schreibtisch aus dem Keller. Auch ein PC-Anschluss wurde für sie installiert. Hubert übergab ihr eine Akte, an der er sich vor einigen Wochen schon herum geärgert hatte. Soll sie sich mit dieser undurchsichtigen Datei befassen.

Die räumliche Distanz zur Frau Schwarzl war groß genug geworden. Er setzte sich wieder hinter seinen Schreibtisch und räusperte sich.

„Bitte Frau Schwarzl, respektieren Sie, dass ich keine Vertraulichkeiten im Amt wünsche. Außerdem ist der Altersunterschied zwischen uns Kollegen so groß, dass eine Verbrüderung nicht angebracht wäre."

Steffi verzog den Mund und sagte nur. „Wie Sie wünschen Herr Mag. Steinwender."

Gegen Mittag kam der Sektionschef Herr Hofrat Schneider zu einer kurzen Lagebesprechung in ihr Büro zur Tür herein. Wie stets, hatte er es eilig.

"Guten Tag, freut mich Herr Mag. Steinwender, dass Sie Frau Dr. Schwarzl schon tatkräftig unterstützt, sie hat gute Bewertungen für ihre Arbeit."

Hubert war sprachlos, Dr. Schwarzl?

„Ach ich vergaß Ihnen zu sagen, dass wir keine Volontärin, sondern eine Fachjuristin zu Ihrer Unterstützung angefordert haben. Für die schwierige Aufgabe wird das nötig sein. Demnächst besprechen wir den Plan mit der Zusammenarbeit mit dem FATF Team. Der Verdacht einer groß angelegten Geldwäsche zieht ihre Kreise vom Burgenland auch in die Steiermark.

Hubert musste verschnaufen. Dieser Montag brachte zu viel an Aufregung und Anstrengung in sein sonst eher gemütliches Beamten-Dasein. Zuerst verwandelte sich die Volontärin als Yoga-Dame und nun stellte sich heraus, sie ist eine Dr. Jur. also eine Kollegin mit dem gleichen Dienstrang wie er. Jetzt war ihm sein herrisches Verhalten ihr gegenüber sehr peinlich.

Dieser Montag hatte es in sich.

Zu seinem Glücke wusste er noch nicht welchen Horror und Verzweiflung er in den nächsten Monaten durchleben würde, Dieser Montag war im Gegensatz dazu ein schöner Tag gewesen.

3

Sophie räumte das Frühstücksgeschirr in den
Geschirrspüler, wischte die Honigflecken vom Tisch und
dachte dabei an Hubert. Sie lächelte. Er war noch immer
der ungeschickte, liebenswerte Mann von damals. Sie
zog sich an. Ein elegantes graues Kostüm mit einer
knallroten Bluse und roten Pumps. Diese Woche war die
Farbe Rot ihr Thema. Sie hatte schon ein Konzept
vorbereitet, wie dieses Rot sich in eine perfekte
Werbestrategie einbauen ließe. Montags fuhr sie stets in
das Geschäft ihres Bruders David. Sie war als Farb-
Stylistin für die Werbeabteilung eine große
Unterstützung geworden. Sie konnte so ihre Leidenschaft
mit ihrer Begabung für Kunst ausleben und verdiente ihr
eigenes Taschengeld zu ihrer Monatszahlung aus der
Familien-Stiftung. Das Haus in Andritz war ein
mittelgroßer Altbau gewesen, den sie nach und nach
umbauen ließen. Hubert bestand auf ein eigenes Domizil,
obwohl sie auch im Anwesen des Großvaters Platz
genug gehabt hätten. Inzwischen war sie froh darüber.
Sie sah in all den Jahren, dass der Patriarch nicht nur
über die Firma, sondern auch über die täglichen
Gepflogenheiten ihrer Eltern bestimmte. Erst als
Großvater starb, ihr Bruder David das Geschäft
übernahm gab es für ihre Eltern mehr Freiheit. Sie

arbeiteten beide im Geschäft, aber nur mehr zwei Tage in der Woche. So blieb ihnen endlich Zeit zu leben.

Ihre Mutter entdeckte ihre Leidenschaft beim Golf. Regelmäßig traf sie sich mit ihren Freundinnen Pippi, Kathie und Amelie. Alle Damen gehörten der Grazer High Society an. Wöchentlich trafen sie sich um ihr Handicap zu verbessern. Während ihre Mutter mit ihren Freundinnen beim elitären Golfclub Murhof in Adriach ihre Freizeit verbrachte, hatte ihr Vater seine Leidenschaft für Oldtimer entdeckt. Er machte bei jedem Bergrennen mit und fuhr auch sonst einfach in der Gegend spazieren. Sophie ertrug das steife Leben im Herrschaftshaus nicht mehr, als sie 18 war. Sie zog sofort nach ihrem Schulabschluss aus und in eine Studenten-WG. Dort konnte sie ihre Freiheit in vollen Zügen genießen. Sie studierte am Anfang Mathematik und Physik auf Wunsch ihres Großvaters. Dieses Studium war nicht von Erfolg gekrönt. Deshalb wechselte sie in das Kunstfach. Malerei und Geschichte. Sie nahm sich Zeit und bummelte, zog mit ihren Freunden nächtelang durch die Stadt. Ihr Taschengeld, das sie von Opi heimlich bei den Besuchen zugesteckt erhielt, reichte. Dieser eiskalte Geschäftsmann und Herrscher hatte einen Narren an der frechen Sophie gefressen. Sie durfte sich alles erlauben, wenn sie ihn mit ihren Augen treuherzig anblickte, wurde er weich. Als später der etwas ungeschickte, liebenswerte Hubert in ihr

Leben trat, brach sie die Studien ab. Sie heirateten, als Saskia unterwegs war.

Sophie dachte wie die Zeit verflogen war. Sie hatte keine Stunde bereut, Hubert und nicht Johannes geheiratet zu haben. Er blieb der liebenswerte, etwas ungeschickte Mann. Saskia hatte bereits ihren Schul-Abschluss mit Erfolg gemacht. Auch Saskia war von zu Hause ausgezogen, allerdings nicht, um der Strenge zu entfliehen. Nein, im Gegenteil, sie wurde von Hubert und Sophie verwöhnt. Vielleicht erdrückte sie diese Fürsorge und sie fand deshalb einen Studienplatz in Paris?

Einige Jahre spielten Sophie und Hubert gemeinsam Tennis. Der Platzt befand sich praktischerweise ganz in der Nähe ihres Hauses. Seit einiger Zeit ging sie allein zum Platz. Hubert ließ ihr jede Freiheit, die sie brauchte. Das war auch das Geheimnis ihrer funktionierenden Ehe.

In seinem Beruf war er der tüchtige korrekte Beamte, der sich leider oft unbeliebt bei Ihrem Freundeskreis machte. Der Freundeskreis ihrer Familie setzte sich ausschließlich aus Geschäftsleuten, Architekten usw. zusammen. Alle verband eines: So viel als möglich verdienen, so wenig als möglich Steuern zahlen. Hubert war natürlich anderer Meinung. Obwohl er bei Frauen noch immer unsicher reagierte, so vertrat er kräftig und wortreich die These, dass dies falsch wäre. Er zitierte einige Wirtschaftswissenschaftler um zu beweisen, dass es eine fortschrittliche Ökonomie nur gäbe, wenn der Staat genug Steuergelder zur Verfügung hätte.

Nach einigen heftigen Diskussionen mit ihren Tennisfreunden blieb Hubert dem Club fern. Er fand auch keine Freude für sich am Tennisspiel, dazu war er zu unsportlich.

4

Eine Woche später war Hubert abends wieder auf dem Weg nach Hause, als er bei der Tankstelle anhielt, um zu tanken. Er bezahlte, als er wieder in sein Auto steigen wollte, sah er dass ein dunkelblauer BMW mit getönten Scheiben seine Ausfahrt blockierte. Bevor er sich über diese Rücksichtslosigkeit beschweren konnte, wurde er heftig angerempelt und in dieses Auto geschubst, das losbrauste. Als er sich vom ersten Schock erholt hatte, waren seine Hände bereits von einem kräftigen Mann mit Bändern nach hinten fixiert worden. Mit einem rasanten Tempo fuhr der Wagen aus der Stadt. Der Fahrer blickte auf die Straße. Der dünne aber kräftige Mann neben ihm lächelte. Hubert keuchte: „Was wollen sie von mir? Ich bin nur ein einfacher Finanzbeamter, bei mir ist kein Geld zu holen." „Schnauze halten", befahl der Dünne. Gleichzeitig wurde ihm ein Sack über den Kopf gestülpt, er bekam kaum Luft.

Wie sich herausstellte, war es eine kurze Fahrt. Das Auto hielt an. Der Kies knirschte.
Inzwischen glaubte Hubert, den Ort zu kennen. Sie waren zum Steinbruch in den sogenannten Annagraben gefahren. Er war erst letzten Samstag dort gewesen, um verbotenerweise zu fotografieren. weil er das Schild Betreten verboten ignoriert hatte. Er fand noch nicht die Zeit, diese Bilder auszuarbeiten. Sie sind wahrscheinlich sehr gut geworden. Seine Kunst-Fotografien wurden bei einem Wettbewerb auch schon mit einem Preis bedacht.

Der Sack wurde von seinem Kopf gerissen, nun erkannte er.
Sie waren mit dem BMW genau zu diesem Steinbruch gefahren. In diesem schroffen Gelände war er gewesen. Die Bilder hatte er noch nicht ausgearbeitet, sie sind sicher beeindruckend geworden. Besonders die Höhle, die er dort entdeckt hatte, war ein interessantes Foto-Motiv für ihn gewesen. Der morbide, verlassene Eindruck verstärkte sich beim Anblick der rostigen Fässer in der Höhle. Daran erinnerte er sich nur ungern.
Er dachte an das Auto, vor dem er sich versteckt hatte, wurde er damals beobachtet und hatte etwas gesehen, das geheim bleiben sollte? Weshalb fuhren sie mit ihm ausgerechnet dorthin?

Der dünne Mann neben ihm lächelte.
„Wenn ich bitten darf, auszusteigen." Er zerrte ihn aus dem Auto.

Sie gingen einige Schritte.

Eine dunkle Stimme begrüßte ihn mit den Worten.

„So lernen wir uns einmal persönlich kennen."

Hubert sah, ein großes silbernes Auto auf einer Betonrampe. Ein Mann lehnte davor. Er trug vollkommen weiße, viel zu enge Kleidung. Bei einem jungen Mann konnte das noch erträglich sein, jedoch bei einem untersetzten, schwammigen Mann von über siebzig wirkte es fast obszön. Die Knöpfe seines Hemdes hatten Mühe, seine Wampe zu halten. Diejenigen Knöpfe, die schon offen

25

waren und den Blick auf die dichte Brustbehaarung freigaben versuchten erfolglos dem Druck stand zu halten. An den dicken Fingern trug er mehrere Goldringe. Er hatte entweder volle, hellblonde Haare oder ein exquisites Toupet. Vom Typ her konnte er südländisch sein, also doch ein Toupet.

„So lernen wir uns doch noch kennen", wiederholte er.

Hubert schwitzte vor Angst, er wusste nicht wie er reagieren sollte.

Er fasste allen Mut zusammen bis er schließlich antwortete:

„Ich weiß nicht, warum ihre Männer mich entführt haben. Jedenfalls werde ich sie wegen Freiheitsberaubung anzeigen."

„Du kannst gehen, Bodo." Der Dünne, der ihm die Fesseln angelegt hatte, trabte davon wie ein folgsamer Hund.

Der Chauffeur des Entführer Wagens blieb zögernd stehen.

„Du auch!"

Noch ein scharfer Befehl des Fremden an seine Helfer dem auch der andere widerstrebend folgte.

„Möchten Sie Platz nehmen?"

Die hintere Autotür wurde geöffnet und Hubert wollte sich setzen. Das ging schwer mit nach hinten gefesselten Armen.

„Oh, entschuldigen Sie die Vorsichtsmaßnahmen meiner Männer. Doch nun ist es nicht mehr nötig. Wohin sollten Sie ohne Auto fliehen?"

Gleichzeitig schnitt der Mann ihm die Kabelbinder von den schmerzenden Handgelenken und setzte sich in den Wagen.

Das Auto war luxuriös ausgestattet mit einer Minibar mit Schildplattverzierung und breiten Ledersitzen auch ganz in Weiß.

„Wollen Sie nicht doch Platz nehmen? Es spricht sich leichter."

Hubert setzte sich zögernd neben dem Mann, was blieb ihm sonst übrig, er hatte keine Wahl.

„Was wollen Sie von mir, diese Entführung muss eine Verwechslung sein."

Der Mann genehmigte sich einen Drink. „Wollen Sie auch einen?"
Hubert trank sonst nie, doch er hoffte, die beruhigende Wirkung des Alkohols mindere seine Angst.
„Ja bitte."
Hubert leerte mit zwei großen Schlucken das Glas.

„Aber, aber, wer wird denn so einen edlen Tropfen ohne Genuss verschwenden. Diese Flasche Whisky habe ich für einen Spottpreis von 950,-- Euro ersteigert. Am Schwarzmarkt, sonst zahlt man dafür das Fünffache."

Der Unbekannte sprach langsam mit einem weichen Slang und musterte ihn durch seine Sonnenbrille eingehend.

„Wir kennen Sie sehr gut. Sie sind der Beamte in der Finanzlandesdirektion. Mag. Hubert Steinwender, Hubi die Trüffelnase."

Hubert wusste, dass dieser Spitzname hinter seinem Rücken im Amt getuschelt wurde, doch woher kannte der Unbekannte diesen Ausdruck? Der Mann setzte seinen Monolog weiter fort.
„Sie haben sich verbotenerweise auf meinem Privatgelände aufgehalten, um zu fotografieren. Ich verlange sofort die Übergabe der Filme.
Außerdem haben Sie mich und meinen Freunden sehr geschadet. Sie sind für unsere Millionen-Verluste mit verantwortlich. Ich sage nur ein Wort: Caymann-Insel."
Hubert erschauerte. Er war seinerzeit wesentlich bei der Aufdeckung dieses Finanzbetrugs verantwortlich gewesen.
Dieser Fall war für ihn abgeschlossen, was wollte der Fremde?

„Ich erinnere mich, aber es war alles Rechtens was unsere Kommissionen recherchiert haben." Wagte er zaghaft mit heiserer Stimme einen Einwand.
Der Fremde lächelte und zeigte seine kleinen grauen Zähne, das den diabolischen Eindruck noch verstärkte. Die Sonnenbrille ließ keine Augenfarbe erkennen.

„Das ist Schnee von gestern. Weshalb Sie heute mein Gast sind, ist ein Vorschlag zur Güte ein Kontrakt zwischen Ihnen und mir. Sie sind ab heute mein Geschäftspartner.

Erstens: Sie deponieren die Filme bis spätestens morgen Abend vor dem Eisentor der Höhle im Steinbruch in einer Metallkassette.
Zweitens; Sie haben eine neue Kollegin im Amt, eine Frau Dr. Schwarzl. Sie stammt aus Eisenstadt und wurde wegen einer Bankprüfung nach Graz geholt. Graz und Eisenstadt haben geheime Verbindungen ich sage nur ein Wort Wirecard."

„Was hat das mit mir zu tun?" Hubert versuchte von sich abzulenken.

„Ganz einfach, Sie dürfen der Dame keine Akten übergeben, an denen sie gewisse Zusammenhänge unserer Geschäfte entdecken könnte."

„Das kann ich nicht verhindern, sie arbeitet in meinem Resort selbständig."
„Oh, doch, das können Sie, sie sind der Abteilungsleiter."

„Was ist wenn es nicht zu verhindern ist?"

Der Fremde blickte böse. „ Ab heute besteht zwischen uns beiden, lieber Hubert ein sogenannter Steinbruch-Kontrakt. Dieser Granit ist nicht leicht zu sprengen. Sie würden es bereuen.
Zuerst würde es eine kleine Affäre geben, die Ihren guten Ruf schaden und ihre Loyalität zum Amt in Frage stellen könnte. Auch Ihre Ehe könnte daran zerbrechen. Wäre doch schade nach zwanzigjähriger Harmonie mit Ihrer Sophie. Denken Sie auch an Ihre reizende Tochter Saskia.

Fall Sie dann noch immer nicht kooperieren, bleibt leider nur ein feuchtes hartes Ende. Das wäre vielleicht ein in Beton gegossener Mag. Steinwender Hubert in einem Brückenpfeiler. Es gibt schönere Tode, " fügte er noch zynisch hinzu.

Hubert war mit den Nerven am Ende. Was sollte er tun? Dem Fremden eine Zusage geben, die er nicht halten konnte? Der Gangster war anscheinend sicher, dass ihm alle gehorchten. Er entließ Hubert mit den Worten.

„Wenn Sie klug und kooperativ sind, sehen wir uns nicht wieder, Diesen Steinbruch werden Sie nie wieder fotografieren, Sie erhalten auch regelmäßig Provisionen für Ihre Dienste, ich hoffe, Sie verstehen mich."

Er pfiff kurz und seine Männer standen parat.

„Noch etwas vergaß ich zu erwähnen, falls Sie mit diesem Gedanken spielen. Eine Anzeige ist zwecklos, Sie haben für unser heutiges Treffen keine Beweise, die Tankstelle gehört einem Freund und die Überwachungskamera hat heute zufällig einen Defekt."

Hubert wurde zu seinem Auto an der Tankstelle zurück gefahren. Sein Wagen parkte vorschriftsmäßig, der Schlüssel steckte noch. Er zitterte am ganzen Körper.

Nach einigen Minuten startete er und fuhr nach Hause. Er legte seine Aktentasche wie er es gewohnt war, in den Garderobenschrank, zog sich aus und duschte ausgiebig. Sophie war noch nicht zu Hause, vielleicht traf sie sich wieder mit ihrer Tennis-Freundin.

Hubert nahm eine Kopfschmerztablette und legte sich auf das Sofa.

Der Fernseher brachte leider auch keine Ablenkung. In seinem Kopf rotierte es. Was sollte er tun?

Zur Polizei zu gehen, wäre sinnlos. Er hatte nicht den geringsten Beweis für seine Entführung. Er könnte nur eine vage Beschreibung der Männer angeben. In der Aufregung hatte er meistens auf den Boden gestarrt. Weil sie sich ohne Maske oder Tarnung zeigten war der Beweis, dass er eine offizielle Polizeifahndung nach diesen Verbrechern nicht lange überleben würde.

Er stand auf, startete seinen privaten Laptop. Vielleicht fand er mit der Suchmaschine ein Bild des Mannes in Weiß in irgendeiner der Klatschkolumnen. Mit dieser auffälligen Kleidung wäre er leicht zu erkennen.

Die Lesebrille war noch in seinem Aktenkoffer.
Als er diesen öffnete, sah er ein Paket mit gebündelten Geldscheinen in einer Plastiktüte.

Ein Zettel mit dem Vermerk. ANZAHLUNG GESCHÄFTSPARTNER STEINBRUCHKONTRAKT lag zwischen den Fünfzigtausend Euro; sorgsam gebündelte Hunderter Scheine.

Nun ist alles aus, dachte er. Diese Leute zweifelten nicht an die Zusammenarbeit mit ihm Er wollte und brauchte das Geld nicht. Er ließ sich nie bestechen.
Sophie und er waren sehr zufrieden mit ihrem Leben. Ihr Haus war mittlerweile schuldenfrei, die Arbeit als Farb-Beraterin machte Sophie großen Spaß und er war der zufriedene Staatsbeamte. Saskia studierte nun in Paris. Sie wollte ins Ausland nach der erfolgreich absolvierten Matura. Sie hatte das zielstrebige Talent ihres Urgroßvaters geerbt. Er wäre stolz auf sie, wenn er noch leben würde.

Hubert schloss rasch seinen Aktenkoffer .Er fühlte sich schlecht. Wohin mit dem Geld? Zurückgeben konnte er es nur unter Lebensgefahr. Außerdem kannte er weder Namen noch Adresse seiner Zwangspartner. So tun, als ob er nicht bemerkt hätte, wurde als seine Zustimmung zum sogenannten Kontrakt gewertet.

Hubert stand auf und packte die Plastiktüte mit dem Inhalt in eine Blechkassette, die schon lange in seinem Schrank in der hintersten Ecke unbenutzt lag. Die heiße Ware legte er in den Kofferraum. Die Filme packte er ebenfalls in eine Blechkassette.

Er hatte einen Entschluss gefasst. Dann nahm er eine Schlaftablette und legte sich ins Bett. Mitten in der Nacht erwachte er, schweißgebadet. Plötzlich krampfte sich eine Hand in seinen Arm, sodass er fast aufschrie vor Schreck und Schmerz. Im Dunkeln sah er das Gesicht des weißen Mannes fratzenhaft nah. Er erschrak über die weißen Zähne, wie sie bleckten und höhnisch grinsten. Die Augen leuchteten wie zwei riesige Katzenaugen. Der Fremde schrie:

„Wissen Sie denn nicht wie es ist, Sie Träumer, der lässig seinen Arsch auf seinem Bürostuhl ausruht, in einem Steinbruch zu schuften? Sie wissen es nicht. Haben Sie das schon einmal erlebt, Sie Müßiggänger, wenn einem die Lunge vor Staub den Dienst zum Atmen raubt?"

Ruhelos wälzte er sich hin und her, bis das Morgenlicht zwischen die Rollläden schien. Müde nach dieser schlaflosen Nacht stand er auf.

Sophie bereitete ihm, wie jeden Tag, ein gutes Frühstück Sie war und blieb seine Allerliebste.

Das Leben könnte so schön sein, wenn nicht diese
Verbrecher ihn als Mitarbeiter auserkoren hätten.

„Hubert, hast du wieder schlecht geschlafen? Du siehst
so müde aus. Oder ist im Amt wieder so viel zu tun.
Spann diese Volontärin gehörig mit Nebenarbeiten ein"

„Ach liebe Sophie, das Ministerium hat sich wieder was
Besonderes für mich ausgesucht .Eine heikle Aufgabe,
ich darf darüber nicht sprechen. Diese Volontärin ist kein
Lehrling, sondern eine Frau Doktor. Sie hat
ausgezeichnete Bewertungen, scheint sehr tüchtig zu
sein. Hübsch ist sie außerdem, nur ihre Yoga-Pausen
machen mich nervös."
Sophie lächelte, „so, so hübsch ist sie? Wenn das sogar
du siehst, fällt es auf. Müsste ich eifersüchtig sein?"
Er antwortete: „ Du weißt ja wie sehr ich dich liebe. Die
Bewertung ihres Äußeren ist rein sachlich gemeint."
Sophie erzählte von ihrem Abend mit ihrer Freundin im
Tennisclub, den neuesten Klatsch musste sie auch
loswerden, Hubert hörte nur halbherzig zu. Dann wurde
er plötzlich hellhörig, als Sophie sagte;
„Hubert, weshalb haben wir keine Alarmanlage im
Haus?"
Er erschrak. Weshalb diese Frage?
„Sophie, wir haben uns deshalb nie Gedanken darüber
gemacht, weil unsere Nachbarn grundsolide Leute sind.
Wir leben am Stadtrand von Graz, in einem eher noblen
Viertel. Wir haben keine wertvollen Bilder oder
Antiquitäten im Haus. Dein wertvoller Schmuck den du
von deiner Großmutter geerbt hast, liegt im Banksafe
sicher. Du trägst ihn auch nie."

„Hubert, du hast Recht, aber die Nachbarin gegenüber hat mir gestern erzählt, dass in der vorigen Woche öfter ein dunkler BMW langsam durch Straße fuhr und sie sah, dass ein Mann ausstieg und unser Haus fotografierte. Sie wollte wissen, ob wir das Haus verkaufen."

Ihm wurde übel. Das waren die Verbrecher, die in sein Privatleben eindrangen.

Hubert beeilte sich so normal wie möglich zu antworten.

„Du könntest dich bei deinem Bruder David nach einer guten soliden Firma erkundigen. Die sollen uns ein Angebot für eine Alarmanlage machen. Ich komme heute eine Stunde später zum Abendessen, ich wünsche dir einen schönen Tag, mein Liebes."

Sophie dachte, was ist denn los mit Hubert, so liebevoll hat er sich schon lange nicht mehr verabschiedet.

Hubert hatte einen Entschluss gefasst. Er würde die Filme in der Blechkassette wie ihm befohlen wurde, vor den Höhleneingang legen.

Die fünfzigtausend Euro in der Blechkassette wird er auf die rostigen Fässer in der Höhle des Steinbruchs deponieren.

Natürlich hatte der innere Schweinehund ihm zugeflüstert, er solle sich mit der sogenannten Provision ein Elektro-Auto finanzieren. Er würde etwas für die Umwelt tun, die Gauner würden sowieso nie gefasst werden. Doch sein ehrliches Beamtenherz siegte. Er nahm das Bestechungsgeld nicht an. Er würde tatsächlich deren Geschäftspartner werden.

Tagsüber war er unkonzentriert und nervös. Seine neue Kollegin Dr. Schwarzl begann systematisch Akten zu sammeln und zu sortieren. Normalerweise ging er zur Mittagspause ins Restaurant gegenüber um ein Tages Menü zu essen. Doch heute wollte er früher gehen,

deshalb musste er durcharbeiten. Seine Kollegin hatte in einem Behälter Gemüse-Dips und Obst dabei und lud ihn ein, gemeinsam die gesunde Jause zu genießen. Es schmeckte sehr gut. Sie machte anschließend am Boden ihre Yoga-Übungen, während er zur Toilette ging. Ihm waren die Verrenkungen zu zuschauen etwas peinlich. Sie lachte nur darüber und sagte:
"Das ist die beste Art, den Kopf frei zu bekommen für unsere anstrengende Arbeit."
Den Kopf frei kriegen von seinen Ängsten, das könnte er gebrauchen.
Am Nachmittag fuhr er wieder in den Annagraben zum Steinbruch. Er parkte seinen Wagen etwas weiter hinten, auf der Plattform in der Hoffnung nicht entdeckt zu werden. Der Steinbruch wurde schon viele Jahre nicht mehr bewirtschaftet, deshalb wuchsen Sträucher an einigen Stellen, heute war er froh über diesen Sichtschutz. Trotzdem zuckte er bei jedem Geräusch zusammen. Die Kassette mit den Filmen seiner Kamera legte er vor das rostige Tor. In der Höhle roch es eigenartig streng. Damals war er nicht so weit vorgedrungen, aber nun sah er dass sehr viele Metall-Fässer hinten gestapelt waren. Er machte einige Handy Fotos. Dann stellte er die Blechkassette darauf, samt Inhalt fünfzigtausend Euro.
Eine aufgeschreckte Fledermaus flog über seinen Kopf, dieser Schreck verpasste ihm fast einen Herzinfarkt. Anschließend verließ er fluchtartig den Steinbruch.
Auf dem Nachhauseweg überlegte er, bei wem er in dieser ausweglosen Situation um Hilfe bitten könnte. Ihm fiel niemand ein, den er ins Vertrauen ziehen könnte. Sophie war noch im Geschäft bei ihrem Bruder und er setzte sich wieder zu seinem privaten Laptop um nach

einem Hinweis oder einer Spur zu den Gangstern zu durchforsten.

5

Das Telefon läutete, er dachte Sophie würde sagen, sie käme später. Aber es war eine männliche Stimme.
"Hubert, du alter Gauner, wo steckst Du und weshalb meldest du dich nie Ha, Ha?"
Ein dröhnendes Lachen folgte, auch Hubert lachte erleichtert mit.
"Edwin, du bist es, wo steckst Du?"
Edwin war sein ältester Freund. Diese Freundschaft war tief und ehrlich. Erst als Edwin nach Wien zog, wurden ihre Treffen weniger, sie beschränkten sich auf Telefonate.
"Ich bin zufällig in Graz, wollen wir gemeinsam um die Häuser ziehen?" Das war typisch Edwin, diese Sprüche wie in den Studentenzeiten.
"Edwin, meine Frau wird heute später nach Hause kommen, wir könnten jetzt gemeinsam essen gehen. Komm einfach zu mir nach Hause, uns fällt schon was ein."
Als Hubert sich frisch machte und Jeans und Pullover anzog, war Edwin schon zur Stelle. Edwin kam mit seinem Motorrad an. Seine mittlerweile grauen langen Haare hatte er zu einem Zopf geflochten. In der Motorrad-Kluft sah er aus, wie ein Rocker, jedenfalls ein Spät-Achtundsechziger. Hubert war erleichtert, dass er nicht seinen Anzug mit Krawatte anbehalten hatte, er würde ganz schön alt aussehen neben ihm.
Das Motorrad wurde in die Garage gestellt, Edwin wurde eingeladen, bei ihnen im Haus zu übernachten.
Hubert hatte ein Taxi bestellt. Für Sophie hinterließ er eine Nachricht, sodass sie wusste, dass sie einen Gast für diese Nacht hätten. Sie kannte Edwin ja auch noch von

früher. Sie ließen sich in ein Restaurant nach Mariatrost fahren, das für seine gutbürgerliche Küche bekannt war. Vor allem das Fassbier war berühmt in diesem Lokal. Hubert lachte fröhlich, er freute sich ehrlich über den Besuch.
"Ein Taxi ist noch immer billiger als ein neuer Führerschein, heute wollen wir einige Biere trinken, wir haben uns lange nicht gesehen."
Edwin sagte darauf. "Wie Recht du hast, " und grinste.
Da fiel es Hubert wie Schuppen von den Augen. Er hatte ganz vergessen, dass sein Freund Edwin seinerzeit vom Finanzamt Graz zum Bundeskriminalamt Wien wechselte. Alle Freunde, auch Hubert lachten ihn aus. Sie fragten ihn, weshalb er sich das antue, er hätte nur mehr Kriminelle als Gesprächspartner.

Zuerst bestellen sie jeweils eine Mahlzeit und ein großes Bier. "Ein Prost auf den Abend, es ist immer wieder schön in die gemütliche Provinzstadt Graz zu kommen. Wien ist inzwischen ein gefährliches Pflaster geworden, es gibt keine Unterschiede mehr zwischen anderen berüchtigten Städten wie Marseille oder Berlin." Edwin seufzte nach einem großen Schluck Bier genüsslich.

"Ohne diese Gangster wärest du ja arbeitslos." stichelte Hubert lächelnd.
„Und du ohne Steuerbetrüger auch, " konterte Edwin.
So ging das freundschaftliche Geplänkel hin und her, bis Edwin seinen Freund in die Augen schaute und sagte.
"Ich bin nicht nur deshalb wegen meiner sanften Verhörmethoden berühmt, sondern auch weil ich hinter die Maske eines Menschen blicken kann. Du bist heute

anders als sonst. Hubert spucks aus, was bedrückt Dich. Hast Du Probleme mit Sophie?"

Hubert war erleichtert, der Damm war gebrochen und er erzählte Edwin haarklein von der Entführung und was darauf folgte. Wenn jemand ihm einen Rat geben konnte oder sogar helfen, dann wäre es Edwin. Warum hatte er nicht gleich daran gedacht.
Edwin bestellte zwei Klare für sie. Seine Antwort war typisch für ihn.
"Du Idiot hast das Geld in die Höhle gebracht?"
"Zu Hause kann ich es nicht aufbewahren."
Edwin sagte: "Trotzdem bist du nicht aus dem Schneider, denn man könnte Dir vorwerfen, du hättest nur ein sicheres Versteck für spätere Zeiten gefunden. Deine Fingerabdrücke sind doch drauf."
"Was soll ich machen, die Polizeidienststelle hätte sofort eine offizielle Fahndung nach den Tätern gestartet und ich hätte das nicht überlebt, das weiß ich. So habe ich Zeit gewonnen, weil sie glauben ich kooperiere. Vielleicht wird diesen Verbrechern inzwischen das Handwerk gelegt. Zum Glück bist Du bei der Kripo, Ihr seid Ihr ja geschult und auch oft erfolgreich. Dir kann ich vertrauen, dass diese Bestechung geheim bleibt."

Edwin überlegte einen Augenblick, dann sagte er;
„Vorläufig machst du gar nichts. Ich werde diesen ominösen Weißen Mann in die Suchmaschine eingeben, der scheint ja ziemlich auffällig zu sein. Das Wichtigste ist, nicht zu viel Zeit zu verlieren. Ich fahre morgen wieder nach Wien in mein Büro. Du kannst mich jederzeit auf meinem privaten Handy anrufen. Wenn ich weiter gekommen bin, melde ich mich bei dir. Und jetzt

lass uns auf unsere Studentenzeit anstoßen und an erfreulichere Zeiten denken.

So verlief der Abend doch noch unterhaltsam und Hubert verdrängte seine Sorgen auf morgen.

6

Als Edwin aufwachte, saß Hubert schon wieder an seinem Schreibtisch im Büro. Nach diesem feuchten Abend mit seinem Freund, ging die Arbeit etwas zäh voran. Die Angst vor den Erpressern blieb in seinem Hinterkopf. Er vertraute zwar seinem alten Freund Edwin Bauer, der als ausgezeichneter Kommissar schon einige Fälle erfolgreich aufgeklärt hatte. Trotzdem, der innere Schweinehund befahl ihm sich zu fürchten. Sophie bereitete dem Gast ein ausgiebiges Frühstück. Sie plauderten angeregt über alte gemeinsame Bekannte. Sophie sagte: „Du könntest ruhig öfter über den Semmering fahren, mit deinem Motorrad sollte es doch ein Vergnügen sein. Du hast lange nichts von Dir hören lassen, wie geht es Dir seit dem Unfall Deiner Frau Marianne?"
Edwin wurde ernst und antwortete ausweichend. „Sophie, so viel Glück wie mein Freund Hubert habe ich nicht bei den Frauen, Marianne ist nicht zu ersetzen. "
Sophie errötete, als Edwin ihr in die Augen sah und fragte nicht nach.
Bald darauf verabschiedete er sich und bestellte beim nächsten Blumenladen, an dem er vorbei fuhr einen Blumenstrauß und ließ diesen an die Adresse Sophie Steinwender senden, als Dank für die Gastfreundschaft.

Edwin plante die nächsten Schritte, die er vorerst privat in Sachen Steinbruchkontrakt Steinwender unternehmen würde. Deshalb fuhr er nicht sofort in Richtung Semmering, sondern die schmale Straße den Annagraben hinauf. Er fuhr langsam, weil er den besagten Steinbruch nicht kannte. Tatsächlich wäre er fast vorbeigefahren, weil die kurze Kiesauffahrt fast zur Gänze von wilden Sträuchern verdeckt war. Dahinter lag eine große steinige Plattform, an der man noch die Lastwagenspuren von früher erahnen konnte. Er stieg vom Motorrad, ging vorsichtig über den Platz und entdeckte auch das rostige Eisentor und die Höhle, wie sie Hubert beschrieben hatte. Die Kassette mit den Filmen, die Hubert weisungsgemäß davor gelegt hatte, war nicht mehr zu sehen. Edwin betrat die dunkle Höhle. Er benutzte sein Handy als Taschenlampe und machte auch einige Fotos. Die eiserne Geldkassette lag wie beschrieben auf einem der rostigen Fässer. Er nahm sie fotografierte noch einige Fässer weiter hinten. Es waren noch Punzierungsnummern erkennbar. Das musste erstmals für weitere Recherchen genügen. Weiter nach rückwärts wolle er nicht, es roch zu streng. Es könnte ein Tierkadaver in Verwesung sein, vielleicht rochen die Fledermäuse so grausig. Doch nach dem feuchtfröhlichen Abend mit Hubert war er für solche Anblicke und Gerüche nicht fit genug. Deshalb packte er rasch die wertvolle heiße Ware in die Satteltaschen seines Motorrades und fuhr los, Richtung Wien.

Während er bewusst langsam über den Semmering zockelte, sinnierte er über seine Vergangenheit nach. Damals in Graz hatten sie eine schöne Zeit. Er besuchte mit seiner Frau Monika oft die Familie seines Freundes Hubert. Die beiden waren ganz verliebt und glücklich mit dem Baby Saskia. Er und seine Monika waren schon einige Jahre verheiratet, kinderlos. Der schüchterne Hubert hatte sich Zeit gelassen wie ein Aschenputtel, das von ihrem Prinzen erlöst werden sollte. Bei Hubert war es umgekehrt die Prinzessin erlöste den schüchternen Mann. Er gönnte ihm sein Glück.

Er durfte seinen Freunden nie erzählen, weshalb er damals plötzlich beim Finanzamt gekündigt hatte. Anfangs nahm er die sogenannten Gefälligkeiten an. Es handelte sich jeweils um Bagatellen, die seiner Ansicht nach niemandem schaden konnte. Als sie mehr verlangten, lehnte er ab, wählte den einfachen Weg aus dem Schlammassel rauszukommen.

Zuerst ließ er sich nach Wien versetzen, doch das half nicht. Die Forderungen der Gangster wurden aggressiver, weil er das Bestechungsgeld nicht mehr angenommen hatte.

So paradox es war. Ihm widerfuhr damals das gleiche Schicksal wie seinem Freund Hubert jetzt. Nach der Vorgehensweise und der Beschreibung von ihm ist es derselbe Verbrecher, der ihn damals erpresst hatte. Nun war seine Chance gekommen, ihn endlich dingfest zu machen. Dieser Gangster hatte Schuld am Unfall seiner Marianne, davon war er überzeugt, obwohl er es nie beweisen konnte.

Damals sah er es als einzigen Ausweg, als er gekündigt hatte, mit Marianne von Graz weg nach Wien zu ziehen. Damit war er für die Erpresser wertlos, dachte er. Doch die Erpresser rächten sich fürchterlich, weil er nicht mehr kooperierte. Marianne fuhr mit seinem Auto auf der West-Tangente von Wien. Sie wurde von einem unbekannten Fahrerflüchtling abgedrängt und prallte in die Leitschiene. Sie starb eine Woche darauf. Zuerst fiel er in ein tiefes Loch. Wie durch ein Wunder gelang es ihm mit Hilfe des Therapeuten nach einem halben Jahr eine neue Perspektive zu finden.

Das Bundeskriminalamt suchte fähige engagierte Mitarbeiter. Er bewarb er sich, nachdem er beim Finanzamt gekündigt hatte und machte auch dort Karriere. Er war sportlich, ehrgeizig und von fast krankhaftem Ehrgeiz behaftet, Verbrecher zu enttarnen und zu einem Geständnis zu bringen. Er wollte die Welt vor den Verbrechern schützen. Leider konnte er damals seine eigene Frau nicht beschützen. Diesen Schmerz trug er seit Jahren in sich, wurde langsam schwächer, doch tief in seinem Herzen gab er sich die Schuld an ihrem Tod, weil sie mit seinem Auto gefahren war, der Anschlag galt ihm.

Zu gleicher Zeit versuchte Hubert im Büro das Beste aus der prekären Situation zu machen. Die Arbeit, die man von Ihnen erwartete, war geheim und schwierig zu machen.
Eine Enttarnung eines möglichen Finanzverbrechens hat mit größter Vorsicht zu geschehen. Was Hubert Angst machte, war die Tatsache, dass diese Gauner die Fäden direkt ins Ministerium zogen und auch über sein Amt genauestens Bescheid wussten. Eine Bank im Burgenland machte auf sich aufmerksam, weil sie in finanzielle Schwierigkeiten geriet. Unter normaler Voraussetzung wäre so etwas bei einer Bank unmöglich. Deshalb wurde Frau Dr. Schwarzl zu ihm nach Graz beordert. Beide verfügten über das jeweilige Fachwissen, sodass sie sich ergänzten bei der Aufklärung dieses Sumpfes.
Hubert wusste, sie mussten sich beeilen, das Geflecht zu enttarnen. Allerdings durfte er kein Risiko eingehen. Weder so noch so.
Inständig wünschte er sich die Zeit vor seiner Entführung zurück.

Sophie wartete schon mit dem Abendbrot, er setzte sich erschöpft dazu.

„Hubert, ich denke du solltest einmal ausspannen. Wir sind dieses Wochenende zum Dinner bei meinen Eltern eingeladen. Da kannst du auch gleich mit David den Termin für den Einbau der Alarmanlage für unser Haus besprechen."

Hubert dachte, von wegen Ausspannen! Darunter würde er sich einen Foto-Nachmittag in der Natur vorstellen. Er hatte sich nach der unheimlichen Begegnung im Steinbruch vorgenommen, nicht mehr Steine zu fotografieren, sondern seltene Blumen. Mittlerweile war die Atmosphäre im Anwesen nicht mehr so angespannt wie in Zeiten von Sophies Großvater. Nun saß der Vater auf dessen Platz, die anderen wie es ihnen gefiel. Es wurde auch nicht mehr geschwiegen während des Essens. Die Kinder von Davids brachte auch Leben in das Haus. Sophies Mutter spielte noch immer die vornehme Dame, jedoch das nahm niemand ernst.

Es wurde trotz seiner Bedenken ein genussvoller Nachmittag mit Sophies Familie. Der Trubel der vielen Menschen lenkte ihn kurzfristig von seinen Sorgen ab.

Die folgende Woche verlief wie er es gewohnt war, eher ruhig. Seine Kollegin, Frau Dr. Steffi Schwarzl passte sich seinem Arbeitstempo an. Jedenfalls hatte er den Eindruck, auch sie arbeitete sich langsamer wie am Anfang durch die Akten. Mittlerweile wusste er, dass sie einen riesigen Finanzbetrug auf der Spur waren, das aber nachzuweisen, würde sehr schwer werden. Jedenfalls wollte und konnte er keine Beweise liefern, bevor nicht sein Freund Edwin ihm von einer Verhaftung seiner Entführer lieferte.

Am Freitag kam Frau Dr. Steffi besonders hübsch gekleidet ins Büro. Nicht das übliche Yoga-Outfit, wie sonst mit enganliegender Hose und Shirt und Jacke .Sie trug an diesem Tag ein kornblumenblaues Kleid und eine Perlenkette.

„Guten Tag Frau Doktor, Sie sind heute besonders hübsch, wenn ich mir die Bemerkung erlauben darf", begrüßte sie Hubert freundlich.

„Ja, es ist heute auch mein Geburtstag. Darf ich Sie zu Mittag zum Essen einladen. Sie können sicher ein Restaurant empfehlen."

Ach herrje, er kümmerte sich nie um die Personalakten seiner Mitarbeiter, normalerweise organisierte eine Schreibkraft die Geburtstagsgeschenke. Es wird immer gesammelt und das Geburtstagskind erhält einen Gutschein. Der Beschenkte zahlte eine Runde Kaffee mit Kuchen. Nur zu den runden Geburtstagen gab es eine offizielle Feier pro Resort.

Er musste seinen Fehler rasch korrigieren und bestellte einen Strauß Margareten bei seinem Blumenhändler.

Weiße Blumen sind neutral, dachte Hubert. Diesen Strauß überreichte er Ihr mit herzlichen Glückwünschen vor den Mitarbeitern der Abteilung. Die Beschenkte hatte auch einen großen Karton mit vielen kleinen exquisiten Kuchenstücken mitgebracht, den sie zur Kaffeepause an alle verteilte. Weil sie im Amt am Freitag meistens früher Schluss machten, passte das Timing für ihr gemeinsames Essen gut.

Sie besuchten ein Restaurant zwei Straßen vom Amt entfernt, also gingen sie zu Fuß. Frau Dr. Schwarzl erzählte am Weg, das Haus in dem sie eine Mietwohnung gefunden hatte. Weil sie ihren Hauptwohnsitz in Eisenstadt hatte, war dies eine gute kurzfristige Lösung. Sie konnte zu Fuß zur Arbeitsstätte gelangen.

Im Restaurant fanden sie einen guten Platz in einer Nische vor einem Fenster. Sie bestellten, genossen den herrlichen Saibling und dazu einen erfrischenden Weißwein aus der Südsteiermark. Die Situation war trotzdem für beide angespannt.

Hubert prostete ihr zu und sagte: „Sie verstehen mich hoffentlich, dass ich mir im Amt keine Vertraulichkeit erlauben darf. Wenn es für Sie akzeptierbar ist, dann können wir im privaten Bereich uns duzen. Ich bin der Hubert."

Steffi lachte und sagte: „Ok, ich bin die Steffi"

Damit war das Eis gebrochen und sie plauderten anfangs über ihre Arbeit, Steffi erzählte einige lustige Begebenheiten aus ihrem Berufsleben. Hubert erzählte liebevoll von seiner Frau, der Tochter Saskia und ihren Streichen in der Kindheit. Ganz unvermittelt rutschte ihm die Frage aus: „Steffi hast du Kinder."

Diese wurde ernst und wollte eine Träne unterdrücken, was ihr nicht gelang.

„Ich stamme aus Generationen von Frauen, die ihre Kinder allein groß ziehen mussten. Meine Ur-Ur-Großmutter war Köchin beim Fürstenhaus Esterhazy. Sie hatte zwei Kinder und keinen Mann. Der Sohn Paul zog als Wanderarbeiter in die Steiermark. Die Tochter, also meine Großmutter Theresia arbeitete in einer Gärtnerei des Fürsten. Sie gebar vier Kinder, nur das jüngste Mädchen überlebte. Zum Heiraten fehlte das Geld. Der Weltkrieg raubte dem Kind den Vater. So musste auch meine Großmutter ihre Tochter allein großziehen. Sie

47

hatte insofern Glück, weil die Fürsten-Familie das Kind in die Schule schickten und nicht als Feldarbeiter missbrauchten.

Meine Mutter Maria besuchte eine Handelsschule und erhielt Wohnung und Anstellung beim Schloss als Schreibkraft und Buchhalterin. Sie verriet mir nie, wer mein Vater war. Trotzdem liebe ich sie sehr.

Der Tüchtigkeit meiner Mutter verdanke ich, dass ich studieren durfte. Später trieb mich mein Ehrgeiz dazu, mein Studium mit einer Doktor-Arbeit abzuschließen um als erste in meiner Familie diesen Titel mit Stolz tragen zu tragen.

Diese typischen väterlosen Frauenschicksale meiner weiblichen Ahnen wollte ich unterbrechen und auf Kinder verzichten. Außerdem hatte mein Herz einem falschen Mann vertraut. Deshalb war ich auch froh über die Versetzung nach Graz Nun kennst du viel von meiner Seele, lass uns den Nachmittag noch mit einem guten Dessert genießen." Sie wischt sich mit einem Taschentuch die Träne aus dem Augenwinkel. Da schrie sie leise auf. „Oh, nun habe ich meine Kontaktlinse verloren. Ich bin so stark kurzsichtig, ohne die finde ich nicht mehr in die Wohnung."

Der gemütliche Nachmittag endete mit diesem kleinen Missgeschick. Hubert bot ihr an, sie zu ihrer Wohnung zu bringen, ohne seine Unterstützung wäre sie hilflos. Sie nahm dankend an. Er begleitete sie vorsichtig bis zur Tür. Einen Arm für eine sichere Führung hatte er um ihre Taille gelegt. Sie bat ihn noch hereinzukommen, um ihr zu helfen, den Minibehälter mit den Kontaktlinsen im Bad zu finden. Plötzlich hörten sie Schritte am Gang. „Erwartest du noch Besuch?" fragte Hubert, dann wurde er ohnmächtig

7

Der Gebäudekomplex wurde von einem geschickten
Architekten tief in den Weinberg hinein gebaut. Die
moderne kantige Bauweise war nur zu erahnen. Sie
würde nicht zum Weinberg passen. Die alten Rebstöcke
verlangten nach Tradition. Man konnte von der riesigen
Terrasse aus bis ins südsteirische Hügelland und weiter
nach Slowenien sehen. Das Haus war für Außenstehende
nicht einsehbar, dies war eine Zusatzbedingung des
Auftrages gewesen.
Der weißgekleidete Mann saß auf einem weißen
Ledersofa, die dicken Finger hielten ein Weinglas in
der einen, sein Handy in der anderen.
Dieser Platz war ideal für Il Bianco, der weiße, wie er
genannt wurde. Sein richtiger Name im Pass lautet Andre
Tomaseli. Der örtliche Bürgermeister erhielt anfangs
kleine und später größere Geschenke, eine Hand wäscht
die andere. Das war sein Erfolgsgeheimnis, gepaart mit
Rücksichtslosigkeit.

Die Baugenehmigung für seine Villa wurde rasch erteilt.
Seit einigen Jahren war dieser Mann auch regelmäßig
dabei, wenn Il Bianco illustre Gäste lud. Hier in seinem
Refugium plante und koordinierte er seine zwielichtigen
Geschäfte. Von Jahr zu Jahr vermehrte er sein
Vermögen. Er hatte es geschafft.

Il Bianco seufzte, wurde schwermütig, trank noch einen
kräftigen Schluck aus seinem Weinglas. Er dachte an
seinen Anfang nach. Als Sohn italienischer Einwanderer
war er nicht auf Rosen gebettet zur Welt gekommen.
Seit seinem vierzehnten Lebensjahr schuftete er im
Steinbruch. Die schwere Arbeit machte ihn hart, aber
auch kräftig. Er konnte zurückschlagen, sein Körper war
trainiert.
Mit zwanzig sah er endlich seine große Chance kommen.
Er gewann beim Poker einen ansehnlichen Betrag und
kaufte einen kleinen Steinbruch.
Mit diesem Steinbruch bei Graz begann sein Aufstieg.
Er produzierte damals Granitsteine für Grabsteine mit
einfachem Gerät. Er schuftete bis zum Umfallen,
anfangs lief es recht gut bis die Abbruchgenehmigung
nicht mehr verlängert wurde. Wegen dieser verdammten
Höhle mit den Fledermäusen wurde der Abbau gestoppt.
Ihm drohte der Konkurs.
Er suchte verzweifelt nach einem Ausweg, hatte bereits
seine Wohnung verloren, hauste in einer Hütte am Bruch.
Eines Tages stand vor seiner Bauhütte am Steinbruch ein
dunkelgrüner Wagen. Ein offener Jaguar aus den
Sechziger- Jahren Der Unbekannte bot ihm ein
lukratives Geschäft an. Die Höhle sollte als Zwischen-
Lagerplatz für ausrangierte Chemie-Fässer verwendet
werden. Die Einlagerung sollte in den nächsten Nächten

stattfinden, dann sollte man die Höhle mit einem Eisentor
versperren. Das war sein gutes Recht, als Besitzer. Er
wurde mit Handschlag verpflichtet pünktlich Steuern
und Abgaben als Grundbesitzer zu bezahlen, das war
nicht viel. Der Steinbruch durfte nicht mehr reaktiviert
werden, das war Bedingung. Was konnte er sich Besseres
wünschen? Er hatte sowieso keine Abbruchgenehmigung
mehr. Die Geldbündel wurden Il Bianco in einem
Koffer übergeben.
Mit diesem Kapital erwarb er ein großes Grundstück
südlich von Graz, er baute Kies ab. Es entstanden mit
der Zeit große Baggerseen, die er wieder als Freizeit-
Zentrum teuer verkaufte.
Er hatte es geschafft. Nebenbei vermehre er seinen Besitz
an Börsengeschäften. Das Haus in den Weinbergen,
seinem Vorzeige-Anwesen war sein indirekter
Geschäftssitz. Er feierte hier Partys mit ausgesuchten
Gästen aus Politik und Finanz. Von denen ließ er sich
Insider-Tipps für seine Finanz-Geschäfte geben. Er
spekulierte riskant mit seinen Freunden.
Das ging all die Jahre gut. Das Finanzwesen erhielt
einen Aufschwung, er kaufte und verkaufte und wurde
reicher und reicher.
Eine kleine Panne passierte allerdings vor einigen Jahren,
als der junge Finanzbeamte in Graz auf die
Bestechungsgelder verzichtete und sich kurzerhand nach
Wien versetzen ließ.
Der wusste leider schon zu viel von den linken
Geschäften, also musste ein Warnschuss gegen ihn
abgeben werden, um ihn zum Schweigen zu bewegen.
Bodo war damals erst kurze Zeit bei ihm, er sollte einen
Blechschaden dem Wagen des Edwin Bauer zufügen, das
Kennzeichen war ihm bekannt. Dieser suchtkranke Idiot

übertrieb maßlos und es endete mit einem Totalcrash, wobei nicht der Finanzer, sondern dessen Frau getötet wurde.

Viele weitere Jahre ging es gut, bis auf einige Verluste im Aktiengeschäft. Il Bianco hatte klugerweise auch in Immobilien investiert, sodass ihm die Kursstürze wohl ein wenig schmerzten, aber das war verkraftbar. Mittlerweile hatte er einen Rückzughafen in Weißrussland vorbereitet. Gemeinsam mit einigen Club-Freunden aus dem Innenministerium und einem Bank-Aufsichtsrat aus dem Burgenland. Gemeinsam erwarben sie einige Datschas mit großen Ländereien und eigenem Privatflugplatz.

Die Milliarden waren auf der ganzen Welt verteilt gebunkert. Nur wenige aus ihrem Club konnten jederzeit und überall auf den Kontinenten den Geldhahn wieder aufdrehen. Il Bianco gehörte zu den Auserwählten er war Clubmitglied der Reichen dieser Welt.

Il Bianco galt seit Jahren als der ehrenwerte Bürger in den Weinbergen von Leutschach. Diesen großzügigen Spender und Gönner für Feuerwehr und Kirche sah man selten und wenn dann nur aus seinem Auto winkend. Man sollte ihn zum Ehrenbürger ernennen.

IL Bianco grunzte genüsslich sich rekelnd in sein weiches weißes Ledersofa,

Leider ging in letzter Zeit so einiges schief, es wurde Zeit den Abflug zu planen.

Vor einigen Monaten ging dieser grüne Schnüffler auf Fledermaus-Jagd, um den Bestand zu kartieren und zu zählen. Er brach das Vorhängeschloss zur Höhle auf und entdeckte, was noch immer in den Fässern vor sich hin rostete, er drohte mit den Medien.

Der unbekannte Geldgeber von damals hatte sich nie mehr blicken lassen und die Fässer hatte Il Bianco vergessen. Mittlerweile wusste er auch von dem Inhalt dieser Fässer Bescheid. Die Entsorgung mittels Verbrennung würde ihm ein Vermögen kosten. So gesehen, hatte ihm seinerzeit der Unbekannte ein Spottgeld bezahlt.

Dieser Fledermaus-Sucher war eine Gefahr für ihn und musste beseitigt werden. Für diese Arbeit hatte er Bodo, seinen Getreuen. Der ehemalige Kosovo-Kämpfer erledigte die Drecksarbeit mit Freuden. Dessen Spezialgebiet war das lautlose Töten gewesen, nun durfte er seinem Herrn und Gönner endlich beweisen, was er so gut beherrschte. Il Bianco hatte Bodo vor Jahren auf der Straße aufgelesen. Blutend, krank und süchtig. Il Bianco brachte ihn zu einem befreundeten Arzt, der ihn notversorgte. Er nahm ihn zu sich nach Hause half ihm beim Entzug, indem er Stoff organisierte. Es dauerte fast ein Jahr, bis Bodo mit Hilfe dieses Arztes beinahe von der Sucht befreit wurde.

Seit damals war er sein treuester Untergebener, der ihn beschützte und auch die sogenannte Drecksarbeit für ihn erledigte. Il Bianco beschenkte seinen Diener noch immer regelmäßig mit leichten Drogen. So wurde er von der Gunst und Gnade seines Herrn abhängig.

Das Problem mit dem Schnüffler war bald behoben. Bodos Drahtschlinge um den Hals des Opfers tötete lautlos und schnell. Niemand würde ihn in der Höhle suchen, weil der Mann offiziell während einer Bergtour im Dachsteingebiet verschwunden war. Vermutlich fiel er in eine Gletscherspalte, so stand es in den Zeitungen. Die Suche wurde eingestellt.

Alles wäre planmäßig verlaufen, wenn nicht zu dem Zeitpunkt, als die Leiche in der Höhle entsorgt wurde, dieser Fotograf im Steinbruch war. Es war nicht schwer, zu erfahren, dass dieser Sonntags-Fotograf ein Finanzbeamter war. Il Bianco sann nach einer Lösung.

Diese Trüffel-Nase vom Finanzamt musste bestochen werden. Bargeld hatte er ausreichend zur Verfügung. Anschließend sollte dieser genötigt werden, für ihn zu arbeiten. Die Filme hatte er brav abgelegt, das Geld behalten. Doch beim Finanzamt liefen die Recherchen weiter gegen ihn und seinen Freunden, das erfuhr er aus dem Untergrund.
Das alles erwies sich leider als hartnäckiger Fall. Der nächste Schritt musste folgen.

Il Bianco trank einen Schluck Wein und pfiff kurz. Bodo kam sofort und brachte noch eine Flasche, und auf Befehl ein zweites Glas."
„Setz dich, Bodo. Trinke diesen edlen Tropfen mit Genuss."
Es kam selten vor, dass sein Herr mit ihm trank. Er grinste sodass sein hageres Gesicht wie ein Totenschädel aussah.
„Wie läuft die Sache, gibt es Neuigkeiten von der Tussi aus Eisenstadt und der Trüffel-Nase aus Graz? Hast du deine Kontakte spielen lassen."
Bodo antwortete:
„Die Bilder sind am Handy. War sehr schweere Geburt. Zwei Körper ausziehn, wenn schlafen ist nicht meglich. Musste Chauffeur Novotny holen. Spritze wierkte schneell. Aber schweer."

Il Bianco verwandelte sich in einen Eispanzer.

„Du Idiot. Was hast du dem Novotny erzählt, weshalb du die beiden nackt fotografierst? "

„Chef, ich haben gesagt: „ Mann ist verheirateter Nachbar von Schwester und ich will Taschengeld von ihm holen, nix gesagt, dass Auftrag von Chef."

„Wenn die Sache nicht umgehend erledigt wird, gibt es keinen Stoff mehr, verstanden."

Bodo zitterte, er wusste was das für ihn bedeutete. Harten Entzug.

8

Mit Kopfschmerzen wachte Hubert auf. Es war dunkel er blickte um sich. Er lag in einer fremden Wohnung auf einem Sofa. Nackt. Seine Kleider, lagen verstreut am Boden. Er zog sich hastig an, suchte sein Sakko und schaute ob seine Autoschlüssel und Papiere sowie seine Geldtasche noch an seinem Platz in der Jacke waren. Alles vollzählig, sogar sein Handy steckte in der Jacke. Langsam kam die Erinnerung. Ja, er hatte Steffi nach Hause begleitet, weil sie eine Kontaktlinse verloren hatte. „Steffi!"
Sie musste in der Wohnung sein. Was war geschehen? Sie beide hatten doch nicht…."
Seine Kollegin meldete sich nicht. Er suchte sie im Schlafzimmer, das Bett war unbenutzt, allerdings der Schrank war offen und leer. Im Badezimmer befand sich kein einziges Hygiene-Utensil, keine Haarbürste, auch nicht die kleine Dose mit den Kontaktlinsen. Alles war mysteriös. Er wollte so rasch als möglich weg. Als er zum Flur hastete, lag dort ein Zettel, darauf stand: Bitte Schlüssel in den Briefkasten Nr. 8 werfen. Sonst nichts.
Er lief zum Auto, der Weg war nicht weit. Dann setzte er sich und überlegte, ob er Steffi anrufen sollte? Wie und was könnte er fragen, ohne peinlich zu erscheinen. Jedoch ohne ihre Telefon-Nr. wäre das nicht möglich. In seinem Büro würde er sie schon bei den Personalakten finden. Aber wäre das nicht zu verdächtig?
Er holte sein Handy aus seiner Jacke. Eine SMS. Gut, dass sie sich meldet, dachte Hubert.

Als er die Nachricht öffnete, traf ihn fast ein Herzschlag. Ein Foto war auf seinem Handy. Ein nacktes Paar auf einem Sofa. Engumschlungen. Hubert und Steffi.
 Zwei weitere Fotos zeigten sie beide von hinten, als er ihren Arm um sie gelegt hatte auf dem Weg zu ihrer Wohnung.
Die Verzweiflung übermannte ihn. Er, der seine Sophie innig und ehrlich liebte, würde sie niemals betrügen.
Seine harmlose Stütze und seine Begleitung zu ihrer Wohnung erhielt mit den Nacktfotos eine schräge Dimension.
Mittlerweile war es schon 21 Uhr geworden. Edwin Bauer, sein Freund sagte bei seinem Besuch, er könne ihn jederzeit anrufen. Die Nummer hatte Edwin für ihn gespeichert unter dem Decknamen Luchs, das wäre ihr geheimes Code-Wort.

Zitternd drückte er auf diesen Kontakt. Endlos läutete die Klingel.
„Was gibt es, was ist los?" Lärmender Hintergrund einer Kneipe war zu hören.
Hubert schluchzte ins Telefon. „Es ist etwas ganz Schreckliches passiert, vorweg muss ich gestehen, ich habe keine Erinnerung von 15 Uhr bis 20 Uhr darf ich Dir die Bilder schicken, mehr brauche ich nicht zu sagen."
„Ich warte."
Hubert drückte auf Weiterleiten und legte auf. Zitternd saß er im Wagen und wartete auf eine Antwort.
Endlich rief Edwin zurück.
„Du sagst du hast keine Erinnerung und wie ich dich kenne, glaube ich dir. Das war ein Schuss vor dem Bug. Diese Gangster meinen es ernst. Das waren KO-Tropfen,

wer sie Dir verabreicht hat, muss man herausfinden. Was ist mit der hübschen Braut, was sagt die dazu?"

„Die ist verschwunden. Bei ihr wäre das nicht so ein schlimmer Skandal wie bei mir. Sie ist ledig aber ich. Ich bin ihr Vorgesetzter und verheiratet."
„Kann sie mit den Verbrechern die Finger im Spiel haben?"
Diesen Gedanken verfolgte Hubert seit er ihre Wohnung so auffällig restlos leer vorgefunden hatte. Er wusste es nicht.

Edwin überlegte einige Zeit. Dann sagte er: „Ich nehme jetzt die Sache offiziell aber trotzdem noch geheim in die Hand. Allerdings musst du mir so viel wie möglich und jede unbedeutende Kleinigkeit erzählen.
Das Wichtigste zuerst: Du musst für einige Tage Graz verlassen.
Ich besorge dir zwei Flugtickets nach Paris. Du machst ein paar Tage Urlaub bei eurer Tochter mit deiner Frau. Ein Hotel findest du immer für 2 Personen. Ich buche für dich, sodass die Gangster nicht wissen, wohin ihr gereist seid. Du kannst mir das Geld irgendwann überweisen.
Ich weiß, dass es nicht üblich ist, ohne Voranmeldung Urlaub zu beanspruchen, doch es ist ernst. Zu Deinem Trost, ich habe schon eine heiße Spur gefunden, ich hoffe der Alptraum hat bald ein Ende.
Noch etwas, ich brauche die Adresse deiner Mitarbeiterin. Ich will sie nicht offiziell beantragen. Alles soll so lange wie möglich geheim bleiben."
Weil das Auto noch auf dem Parkplatzt des Finanzamtes stand, ging er hinein. Er ersuchte den Wachdienst, ihn zu seinem Büro zu begleiten, er hätte einige Akten

vergessen, wegzuräumen. Er war im Büro allein. Rasch holte er die Personalakte von Steffi und fotografierte ihre Daten. Er sandte diese Daten an das Handy von Edwin weiter.

Der Wachebeamte war dezent vor der Tür sehen, geblieben, schließlich war Hubert der Chef dieser Abteilung.

Dann füllte er noch ein Urlaubsansuchen aus und leitete es per Mail an das Personalbüro weiter.

Während der Fahrt nach Hause überlegte er, wie er Sophie aus der ganzen Sache heraushalten konnte. Zuerst löschte er die Bilder von seinem Handy. Er wusste dass das Löschen ein sinnloses Unterfangen war. Die Bilder könnten von den Erpressern in Sekunden das ganze Netz überschwemmen. Ihm war übel.

Sophie saß vor dem Fernseher und blickte böse.

Hubert erschrak, sie wird doch nicht etwas wissen?

„Weshalb rufst du nicht an, wenn du dich so derart verspätest?" fragte sie.

„Ach Liebling, es war so viel zu tun, einige Kollegen vom Innenministerium waren da, usw. ich bin fix und fertig."

Er ging zum Schrank und schenkte sich ein Glas Cognac ein. Sophie war verwundert. Hubert trank nie, jedoch er war ganz grau im Gesicht, heute war es vielleicht nötig.

Hubert begann zögernd zu sprechen.

„Schatz, ich habe eine Überraschung für Dich. Wir fliegen morgen Vormittag nach Paris. Wir machen ein paar Tage Urlaub und haben gleichzeitig die Freude, unsere Saskia zu besuchen."

59

Sophie war sprachlos. So impulsiv kannte sie ihren Hubert nicht. Was war geschehen? Selbstverständlich freute sie sich auf Saskia und auf die Stadt Paris, aber so unvermittelt und ohne Planung, das war neu und entsprach ganz und gar nicht dem zögerlichen Charakter ihres Gatten. Er musste bisher stets vorher wissen, welches Hotel sie gebucht hatten, ob es wohl in einer ruhigen Gegend stand usw.

Sophie überlegte, ob sie zustimmen sollte oder nicht. Sie entschloss sich für den Kurzurlaub. Sie sah, dass Hubert dringend eine Luftveränderung nötig hatte. Sie selbst war zum letzten Mal während ihrer Studentenzeit in Paris gewesen. Sie begann im Geiste zu schwärmen. Sie träumte davon, unbeschwert über den Mount Matre zu flanieren die Meisterwerke im Louvre besuchen. Auch das Museum der Moderne wollte sie sich anschauen. Ihr Hubert würde sie und Saskia in ein gutes Restaurant zum Essen ausführen, usw.

Sophie begann die Koffer zu packen. Sie musste sicher sein, dass es morgen Früh mit der Zeit nicht zu knapp wird.

David konnte sie von unterwegs informieren, dass sie eine Woche nicht ins Geschäft kommen würde, das war kein Problem, sie war seine freie Mitarbeiterin. An Saskia schickte sie noch ein SMS mit der freudigen Nachricht, bevor sie zu Bett ging. Hubert schlief schon.

9

Edwin fuhr nach dem Telefonat mit Hubert noch zu seiner Dienststelle. Sein Motorrad hatte er im Innenhof abgestellt, in der hinteren Ecke war sein Stammplatz. Bevor er reinging, fiel ihm ein, dass noch immer die Blechkassette in seiner Satteltasche steckte. Mit Handschuhen hatte er sie angefasst. Er entschloss sich, das Utensil ins Kommissariat mitzunehmen. Vielleicht gab es durch Fingerabdrücke auf dem Zettel weitere Hinweise. Er grüßte den Wachebeamten und plauderte mit ihm über Fußball. Welcher Verein wohl den besseren Spieler gekauft hätte usw. Der Nachtdienst war es gewohnt, dass der Abteilungs-Chef zu allen möglichen Zeiten im Amt aufkreuzte. Nicht nur sein lässiges Äußeres, stets trug er Motorad-Lederkluft, machte ihn beliebter als andere Chefs, auch seine immer freundliche Art zeichnete ihn aus.

Edwin stellte die Kassette auf den Schreibtisch, zog Einmal-Handschuhe an und öffnete sie, sie war nicht abgeschlossen, typisch Hubert.

Er holte die Geldbündel heraus, die fein säuberlich in Banderolen steckten. Fünfzigtausend Euro. Eine hübsche Summe. Den Zettel mit den Worten Anzahlung Geschäfts-Partner-Steinbruch-Kontrakt gab er in ein Kuvert gemeinsam mit der Kassette. Diese steckte er in eine große Plastiktüte und legte sie mit dem Vermerk Spurensicherung top sekret auf die Ablage.

Das Geldbündel steckte er in einen Stoffbeutel und verschloss es in seinem Schreibtisch. Darin befand sich ein kleiner Tresor, dessen Kombination nur er kannte. Anschließend buchte er mit seinem privaten Handy zwei Flug-Tickets Graz-München-Paris. Keine Rückflug-Tickets.

Freitagabend zog er seit etlichen Jahren meistens durch einige Rock-Bars. Die Musik gefiel ihm und in Gesellschaft von anderen hinter den Tresen fühlte er sich nicht so allein.

Wenn ihm am Wochenende die Decke auf den Kopf fiel, fuhr er mit seinem Motorrad in der Gegend oft planlos herum. Dies endete meistens, dass er sich ins Büro setzte und arbeitete.

Er sandte die Bilder der Höhle mit den rostigen Fässern auf seinen PC weiter. Bei der Vergrößerung konnte man einige Nummern erkennen, die vielleicht eine Charge-Nummer waren. Interessant wären auch die Besitzverhältnisse zu diesem Steinbruch. Er forschte weiter.

Was er entdeckte, war interessant. Dieser aufgelassene Steinbruch war in Besitz einer Firma Tomaseli AG Kies und Schotter mit Sitz in Graz und Turin seit 25 Jahren.

Es gab einige vergebliche Prozesse und Klagen, weil der Steinbruch seit dem Kauf vor 25 Jahren nicht bewirtschaftet wurde. Die AG ließ alte Maschinen am Ort vergammeln, beachteten keine Umwelt- Auflagen, brachten außerdem keine Steuereinkünfte. Im Gegenzug wurde dieses tote Gelände als Steuerabschreibung verbucht. Das zuständige Amt wollte eine Umwidmung als Naturschutzgebiet erzwingen, was stets von der AG abgelehnt wurde. Die Umweltschützer wollten ein Naturschutzgebiet daraus machen. Die dazugehörige

Höhle sei wegen der seltenen Art Fledermäuse unter Naturschutz und Artenschutz zu stellen.

Die Bilder mit den rostigen Fässern schickte Edwin einem Freund einem Bio-Chemiker weiter und fragte ihn, ob man erkennen konnte, welcher Inhalt in den Fässern sei. Es könnte ja auch Dynamit sein.

Dieser rief ihn auch sofort zurück und sagte.

„Dynamit wäre harmlos im Vergleich, denn Sprengstoff ist in einem Steinbruch normal. Edwin erinnerst du dich an den Fall Seveso? Soviel ich an den Nummern erkennen kann, enthalten diese Fässer das hochgiftige Dioxin. Diese Nummern wurden damals aus Sicherheitsgründen nur für die Zwischenlagerung vor dem Abtransport und anschließender Entsorgung durch Verbrennen in Spezialöfen vergeben. Ein Teil wurde laut Aktenlage verbrannt. Das ist sehr kostspielig. Wenn ich die Bilder sehe, bist du einem großen Umweltskandal auf der Spur, eine fachgerechte Entsorgung sieht anders aus. Da hat sich jemand eine goldene Nase verdient.“

Es war spät geworden, als er in seiner Wohnung ankam. Edwin versuchte zu schlafen, für den Samstag hatte er einen Ausflug ins Burgenland geplant.

Der Morgen versprach sonnig und mild zu werden, ausgezeichnetes Motorrad-Wetter. Die Adresse dieser Frau Dr. Stefanie Schwarzl hatte er von Hubert erhalten. Es könnte interessant werden, womit sie ihre spontane Abreise und das delikate Handy-Bild begründen würde.

10

Zu gleicher Zeit stand ein nervöser Mag. Hubert Steinwender vor dem Lufthansa-Schalter und blickte sich ständig um.

„Hubert Liebling, wir fliegen ja nicht zum ersten Mal versuchte Sophie ihn zu beruhigen. Sie freute sich wahnsinnig auf diesen spontanen Urlaub mit ihren Liebsten. Alles drum herum hatte sie, wie immer, erledigt. Sie rief das Taxi, sie holte die bereitgestellten Tickets vom Schalter, sie waren bereits durch die Sicherheits-Schleuse durch und warteten nur mehr auf ihr Flugzeug. Es wurde mit Verspätung, an das Rollfeld geschoben, deshalb verzögerte sich alles. Als sie endlich in der Luft waren, tranken sie ein Glas Champagner.

Hubert hielt ihre Hand fest und flüsterte: „Meine Sophie, ich liebe dich über alles, das musst du mir glauben, was immer auch geschehen mag."

Langsam machte sich Sophie Sorgen um ihren Gatten. Sie kannten sich seit zwanzig Jahren, aber so leidenschaftlich hat er ihr schon lange keine Liebeserklärung gemacht.

Sophie beschloss sich auf Paris zu freuen. Diese unvergleichliche Stadt wartete auf ihre Entdeckung. Die Gärten, der Louvre, dessen Meisterwerke, die Mona Lisa, der Eiffelturm, alle wollen bewundert werden.

11

„Steffi, du bist bei mir jederzeit willkommen, das weißt du, aber weshalb hast du nicht angerufen, ich hätte deinen Lieblingskuchen gebacken."
Sie musste sich schon zum dritten Mal ihre Mutter widersprechen. „Mama, ich bin kein kleines Kind mehr, ich werde nur einige Tage bei dir bleiben, bis ich eine passende Wohnung gefunden habe."

Stefanie hoffte bei ihrer Mutter Zuflucht und Kraft zu finden für ihr weiteres Vorgehen. Bevor sie nach Graz versetzt wurde, war ihre langjährige Beziehung zu Martin zerbrochen. Sie hatte nach sieben Jahren endgültig genug, auf ihn zu warten. Kein gemeinsames Weihnachts-Fest in all den Jahren. Seine Frau und er lebten angeblich in zwei Etagen ihres Hauses jeder für sich. Er war im Innenministerium tätig, hoffte auf einen Ministerposten. Eine Skandalscheidung wäre zurzeit ein Hindernis für seine Beförderung. Martin versicherte ihr stets, wenn er es geschafft hätte, dann würden sie beide glücklich vereint sein und heiraten.
Die Versetzung nach Graz war für Stefanie ein willkommener Anlass, endlich den Mut zur Trennung zu haben. Sie verkaufte die Wohnung in der Haydn-Gasse und stellte ihre persönlichen Möbel und Umzugskartons in den Schuppen von Mutters Bleibe. Vorübergehend, sagte sie. Damals wusste sie noch nicht, ob sie für immer nach Graz ziehen würde. Doch nach dem Erlebnis in Graz war das nicht mehr möglich.
Ein Alptraum dröhnte in ihrem Kopf. Sie war in ihrer Wohnung aufgewacht, da lag ihr Amtskollege Hubert

neben ihr. Nackt. Sie lief ins Bad und duschte. Sie entdeckte keine Sexspuren und es war auch nicht möglich. Dieser schüchterne ältere Mann war sicher kein Triebtäter. Der Mann am Sofa schlief tief und fest. Was war geschehen? Ihre Erinnerung kam langsam zurück, sie waren wegen der Kontaktlinse in ihre Wohnung gegangen. Dann war alles finster. Sie setzte ihre Brille auf, sah eine Nachricht bei ihrem Handy blinken. Sie öffnete und blickte auf das Bild zweier engumschlungener Menschen Steffi und Hubert. Darunter die Nachricht. Verschwinden Sie aus Graz! Neben dem Text bestärkte das Bild eines Totenkopfes die Warnung.

Das war eindeutig. Es musste mit dem brisanten Fall, den sie im Finanzamt prüften, zu tun haben. Sie beide sollten mit diesem Skandalbild erpresst werden.

Nach dem Schock, packte sie sofort leise all ihre Sachen, sie war froh, dass Hubert tief und fest schlief. Sie schrieb die Nachricht für ihn auf einen Zettel im Flur. Schlüssel in den Postkasten werfen und verließ die Wohnung. Sie war entschlossen, sie würde nicht wiederkommen. Den Mietvertrag wird sie schriftlich kündigen.

Nach der unruhigen Nacht in Mutters Wohnung verließ sie das Zimmer im Obergeschoß, ging vorsichtig die enge Stiege hinunter. Sie war allein, in der großen Wohnküche. Ihre Mutter genoss noch immer das Wohnrecht dieser schönen Altbauwohnung gegenüber dem Schloss Esterhazy als ehemalige Mitarbeiterin. Hier hatte sie auch ihre Kindheit verbracht, ihr Zimmer war unverändert schön und heimelig mit den Blaudruck-Stoffen an Bett- und Tisch.

Ihre Mutter war nicht da, sicher am Wochenmarkt zum Einkaufen. Es klopfte an der Tür, Stefanie erschrak, sie dachte an die Warnung am Handy! Mutter würde nicht anklopfen.

Vorsichtig wurde die Tür geöffnet, sie war nicht abgeschlossen gewesen, typisch Mutter.

„Grüß Gott, darf ich reinkommen."

Der Mann in der schwarzen Lederkluft stand gleichzeitig mit diesen Worten bereits im Raum.

„Meine Mutter ist nicht hier, wahrscheinlich einkaufen".

„Ich suche eine Frau Dr. Stefanie Schwarzl." Edwin Bauer zeigte seinen Ausweis. Stefanie ließ sich an der Bank neben dem Küchentisch nieder und deutete auf den gegenüberliegenden Sessel. „Bitte setzten Sie sich."

Der Mann hatte seine langen grauen Haare zu einem Zopf gebunden, irgendwie ergab alles kein klares Bild für sie.

Stefanie betrachtete den Besucher eingehend und fragte sich wie konnten die so rasch ihre Adresse herausfinden. Außerdem hatte sie wegen der Erpresser-Bilder noch gar keine Anzeige bei der Polizei gemacht. War dieser Ausweis der Kriminalpolizei eine Fälschung? Wie sollte sie sich verhalten. Zuerst abwarten, sagte sie sich.

„Darf ich Ihnen einen Kaffee anbieten?"

Sie stand auf und holte die Kaffee-Kanne, die Mutter für sie vorbereitet hatte und zwei Tassen.

Edwin schaute ihr bewundernd zu und dachte an die Handy-Bilder. Was für eine schöne Frau! Sie ist voller Leben, ihr Lächeln wirkte so frisch und frei.

„Ich muss Ihnen ein paar Fragen stellen."

„Worüber? Weshalb suchen Sie mich in der Wohnung meiner Mutter, ich bin nur zu Besuch hier, mein

Hauptwohnsitz ist in der Haydngasse, mein Nebenwohnsitz ist Graz." Sie musterte ihn von Kopf bis Fuß.

„Für Leute von der Polizei sind Sie enttäuschend. Sie treten hier ohne Erlaubnis ein, sehen aus wie ein Harley Davis Fahrer auf Wochen End-Tour."

Edwin betrachtete ganz entzückt die zornige junge Dame. Er verlor seine souveräne Überlegenheit, die er bei Verhören normalerweise besaß.

Er trank einen Schluck Kaffee. Seine Frage kam unvermittelt, präzise.

„Welchen Zweck verfolgten Sie mit der Einladung Ihres Grazer Kollegen an Ihrem Geburtstag?" Seine graublauen Augen blickten sie direkt an.

Stefanie erschrak und verschluckte sich.

„Was soll das, darf man seine Kollegen in der Freizeit nicht zu einem Essen einladen?"

Ihre Gedanken rasten. Steckte dieser Besucher mit den Erpressern unter einer Decke? Oder wurde sie verdächtigt, mit diesen Leuten gemeinsame Sache zu machen.

„Es ist üblich, ein Essen zu spendieren, das ist richtig. Aber ganz ungewöhnlich ist es, einen Kollegen mit einem Vorwand in die Wohnung abzuschleppen."

Edwin tat es leid, sie zu demütigen mit dem Wort abschleppen, doch nur so konnte er sie aus der Reserve locken.

Stefanie verlor die Nerven und begann zu weinen. Sie holte ihr Handy aus ihrem Zimmer und zeigte ihm das Bild mit den Worten Verschwinden Sie und dem Totenkopf.

Edwin holte sein Handy und zeigte die restlichen Nackt-Bilder.

„Mein Freund Hubert und Sie sind offensichtlich an einer sehr heißen Sache dran, weil diese Gangster Sie beide erpressen."

Stefanie beruhigte sich langsam und sagte: „Ich werde nicht mehr nach Graz gehen, auch eine Zusammenarbeit mit dem Kollegen Steinwender in einem Büro erscheint mir nach diesem Vorfall nicht zielführend."

So paradox es war, Edwin war froh, dass Stefanie keine Täterin, sondern ein Opfer ist. Für die Aufklärung des Falles würde er mit seinem Team schon sorgen. Er war sich sicher, dass er mit dem Besitzer des Steinbruchs und der Höhle auch an die Hintermänner herankommen würde. Zuallererst musste er Zeugenschutz für Stefanie beauftragen. Eine Mord-Drohung durfte nicht ignoriert werden. Hubert war zurzeit sicher in Paris, der konnte warten.

Edwin erledigte einige Telefonate mit der Dienststelle in Wien während er vor dem Haus auf sie wartete. Während dessen kam eine Frau in den Hof beladen mit frischem Gemüse im Einkaufskorb.

„Wer sind Sie und was suchen Sie hier?" Ihre Stimme klang abweisend, als sie in Richtung Haustür ging.

„Ich nehme an, Sie sind die Mutter von Frau Dr. Schwarzl, ich hatte nur einige Fragen an Ihre Tochter."

Er zückte seinen Dienstausweis und hielt ihn vor ihr Gesicht.

„Darf ich mit reinkommen."

„Wenn es unbedingt sein muss", antwortete sie noch immer reserviert.

Edwin ging mit ins Haus, Stefanie hatte sich inzwischen Jeans und Pullover angezogen. Sie bat ihn wieder Platz zu nehmen und erklärte ihrer Mutter, dass es nur einige Fragen wegen einer Sache in Graz gäbe. Mehr verriet sie nicht.

Sie setzten sich auf eine Bank hinter dem Haus. Edwin erklärte ihr, dass die Angelegenheit sehr ernst sei und sie ab sofort unter Polizeischutz stünde.

Stefanie wusste bereits aus dem Fall Mattersburg, dass die Bank –Vorstände Gelder in Milliardenhöhe in der ganzen Welt versickern ließ. Einige Spuren zogen von Wien in die Steiermark, dann wieder in das Burgenland zurück. Es gab einige Namen aus dem Ministerium, die unantastbar waren, deshalb verlagerte man die Untersuchung vorerst in die Steiermark. In der Bankenaufsichtsbehörde wollte man sicheres Beweismaterial sammeln entfernt von involvierten Beamten. Sie war schon fast so weit, dass sie die Namen einiger Hintermänner eruiert hatte. Wegen dieses kompromittierenden Handy Bildes war sie befangen und musste den Fall abgeben.

Zuerst sprach er über belanglose Dinge, auf die er keine Antwort erwartete. Er ließ ihr Zeit, sich zu fangen und nachzudenken. Stefanie sah ganz entzückend aus. Edwin wollte sagen, als er sie anschaute: „Wie wäre es, wenn wir die Arbeit mit etwas Schönem verbinden würden? Vielleicht mit einem Ausflug rund um den Neusiedlersee?" Doch das dachte er nur. Er durfte Privat

nicht mit Dienst vermischen. Seine Stimme klang nüchtern und klar, wie immer.
„Ich bitte Sie, heute das Haus nicht zu verlassen. Sie sind in die Schusslinie dieser Gangster geraten. Ich werde die nötigen Schritte veranlassen. Ich bin morgen Früh wieder bei Ihnen."
Bevor er wegfuhr sprudelte es aus dann doch aus ihm heraus, er konnte nicht anders.
„Wir könnten morgen gemeinsam den Tag mit einem Ausflug durch das schöne Burgenland verbringen. Es ist leichter eine Person zu schützen wenn sie nicht an ihrem gewohnten Ort ist. Diese Gangster suchen Sie zuerst bei Ihrer Wohnadresse oder bei den Eltern."

Edwin kam dieser Vorschlag ganz spontan von den Lippen. Er zögerte, zu gehen, er befürchtete eine Absage, weil sie ihn lange anschaute, ohne eine Antwort zu geben.

Er wusste auch nicht, was in ihn gefahren war.
Diese schöne junge Frau hatte sein Herzklopfen wieder zurück gebracht. Seit Monikas Tod interessierte ihn kein weibliches Wesen mehr richtig. Jedoch bei Stefanie war alles anders. Er wusste nicht einmal, ob sie in einer Beziehung stand, verheiratet war sie nicht, das wusste er aus den Akten.
Endlich antwortet Stefanie. „Warum eigentlich nicht? Allerdings habe ich keine Motorrad-Kleidung und auch keinen Helm."
Erleichtert antworte er: „Ich habe einen Freund, der ein Geschäft betreibt, wo man alles leihen kann. Auch ein Motorrad, denn bei meiner Harley ist kein Platz für Zwei.

Welche Konfektionsgröße haben Sie, ich bringe alles
mit."
Stefanie lächelte schelmisch. "Erraten Sie die Größe?"
Edwin hatte keine Ahnung. „Es tut mir leid, meine Frau
ist schon seit einigen Jahren tot, damals waren
Konfektionsgrößen noch Frauengeheimnisse die mich
nicht interessierten."
„Größe 38, bis morgen Früh", antwortete sie und lief
rasch ins Haus bevor sie es sich anders überlegte.

12

Saskia hatte für ihre Eltern ein hübsches kleines Hotel nahe dem Montmatre ausgewählt. Vom Hotel Mom`Art & Spa. konnte man das Künstlerviertel von Paris zu Fuß erreichen.

Sophie war glücklich gemeinsam mit ihren Liebsten, Hubert und Saskia, Paris zu entdecken. Seit Jahren wollte sie mit ihrem Mann Hubert eine Urlaubsreise in die Stadt der Liebe unternehmen. Stets kam irgendetwas dazwischen. Anfangs machten sie mit dem Baby Saskia keine Auslandsreisen. Dann wurde das Haus umgebaut. So verging die Zeit Zuerst war Saskia zu klein, später war sie in der Pubertät und hatte kein Interesse. Nun war Saskia Studentin in Paris und das war die beste Gelegenheit. Gemeinsam würden sie nie mehr so viel Zeit verbringen können.

Gleich nach ihrem Hotel-Check unternahmen sie eine Seine-Rundfahrt auf einem Touristen-Schiff. Der Himmel war blau, der Eiffel-Turm zeigte sich in voller Größe und Einzigartigkeit. Ganz entspannt glitten sie langsam an allen bedeutenden Bauwerken der Stadt vorbei. Der Fremdenführer erklärte jeweils Namen und Geschichte der Sehenswürdigkeit. Während der Fahrt genossen sie die servierten Mahlzeiten und Getränke auf edlem Gedeck. Es könnte sein, wie im Märchen, wenn nicht Hubert so nervös dreinblickte. Dunkle Augenringe verstärkten den kranken Ausdruck seines Gesichtes. Sophie betrachtete ihn mit Sorge. Was war seit einigen Wochen mit ihm los? Zuhause wird sie auf einen Arzt-Termin bestehen, er wird doch nicht schwer krank sein?

Im Amt behandelt er zurzeit einen brisanten Fall, doch das darf ihn nicht so belasten, dass es seine Gesundheit beeinträchtigte.

Beim Anblick des Arc de Triumpf dachte Hubert wieder an den Weißen Mann und seiner Drohung, ihn in einen Autobahnpfeiler einmauern zu lassen. Ihn schauderte. Die ganzen letzten Nächte, die ganzen langen durchwachten Nächte hatte er seit seiner Entführung daran gedacht. Er war müde, seine Glieder schmerzten und auch der Sessel, so bequem er auch war, konnte seine Pein nicht mindern. Er trank mehr, als ihm guttat, wollte seine Angst wegspülen. Dieser Weiße Mann besaß unter anderem auch ein Kies-und Betonwerk. Es wäre sehr leicht für ihn, seine Widersacher auf diese Art zu entledigen.
Am Abend wollten sie noch einige Treppen den Eifelturm hochklettern und den Lichterglanz der Stadt bewundern. Zuvor tranken sie noch ein Glas zur Einstimmung. Sophie drehte ihr Glas, sie hatte schon mehr Wein getrunken als sonst, und betrachtete die Lichtreflexe auf der Rose. Hubert bemühte sich sehr, seine Schwäche nicht zu zeigen, als sie im Hotelzimmer waren, schlief er sofort ein. Sophie dachte, morgen ist auch noch ein Tag, bis dahin wird Hubert sich hoffentlich ein wenig erholt haben.

13

Edwin fuhr zuerst in sein Büro und begann mit seinen Recherchen. Was er herausfand, schockte ihn sehr. Als die Katastrophe in Italien passierte, war er noch ein Kind. Irgendwann später während seiner Studienzeit hatte er von der Katastrophe gelesen, allerdings wurde es so dargestellt, als ob einige Jahre danach alles in Ordnung wäre und wurde vergessen.
Er druckte einige Passagen der Berichte aus und las sie nochmals gründlich durch.

Alles begann mit dem Seveso Unglück am 9. Juli 1976 in einem Chemiewerk.
Der Kessel explodierte und die Giftwolke, eine unbekannte Menge Dioxin wurde in die Umwelt abgelassen.
Zusammen mit der Konzernleitung versuchte die italienische Regierung einen Plan für das verseuchte Gebiet zu erarbeiten und versicherte für alle Schäden aufzukommen.
Im Herbst begannen schon die ersten Entgiftungsarbeiten. Zunächst wurde vergiftetes Laub eingesammelt.
Die gesamte Region war zerstört, die innere Zone um die Fabrik blieb gesperrt.

Es dauerte Jahre bis es zu Urteilen und Entschädigungen gab.

Am 10. September 1982 wurden die Fässer mit Lastkraftwagen in Richtung Frankreich abtransportiert. Ab St. Quentin verlor sich ihre Spur.

Der Verbleib dieser Fässer war ein Rätsel. Es wurde an allen unmöglichen Orten vermutet. Nach einer Anfrage des französischen Umweltministeriums wurde auch in allen Deponien Westdeutschlands nach den Fässern gefahndet, einige vermuteten die Fässer sogar in der DDR. Die deutsche Bundesregierung beauftragte nach erfolgloser Suche einen Herrn Werner Mauss mit der Recherche nach dem Verbleib der Fässer.

Am 19. Mai 1983 wurden die Fässer schließlich in einem ehemaligen Schlachthof im nordfranzösischen Dorf Anguilcourt-le-Sart gefunden.

Nach zwei Testverbrennungen wurde der Inhalt der Fässer im Jahr 1985 angeblich in Basel verbrannt.

Doch im Oktober 1993 behauptete der deutsche Fernsehjournalist und Physiker E. Sieker, dass der gesamte Inhalt nicht verbrannt, sondern in der Deponie Schönberg in Mecklenburg-Vorpommern endgelagert worden sei.

Brisant war dabei, dass die in Basel eingelangten Fässer wesentlich schwerer gewesen sein sollen, als ursprünglich die in Seveso abgefüllten. Was wurde wirklich verbrannt?

Sieker behauptet dass vor dem Unglück Dioxin in der Fabrik heimlich für militärische Zwecke als Nebenprodukt produziert wurde.

Es wird auch vermutet, dass es auch im Vietnamkrieg als Entlaubungsmittel eingesetzt wurde.

Am 24. September 1983 verurteilte ein Gericht in Monza fünf Mitarbeiter in erster Instanz zu Freiheitsstrafen von

76

zweieinhalb und bis zu fünf Jahren. Alle Verurteilten gingen in Berufung. Das Gericht entschied statt auf Vorsatz auf Fahrlässigkeit und setzte die Strafen zur Bewährung aus.

Edwin musste den Inhalt dieser Berichte erst einmal verdauen. Es scheint, dass die Fässer damals einfach in ganz Europa verteilt wurden, um die teure Entsorgung durch Verbrennen in Spezialöfen zu sparen.

Wenn ihm der Nachweis gelang, dass dieser Besitzer des Steinbruchs in der Höhle von dem brisanten Inhalt wusste, konnte er eine Anklage vor Gericht erwirken. So könnte er indirekt auch an die Fingerabdrücke des Erpressers herankommen.

Am Montag wird er seinen Freund vom Umweltministerium kontaktieren und die Bilder der Fässer als ersten Beweis vorlegen. Die Besitzverhältnisse des Steinbruchs waren mittlerweile geklärt. Eine Kiesverwertungs-AG deren Haupt-Aktionär ein gewisser Andre Tomaseli ist, ist der Eigentümer des Grundstückes seit dem Jahr 1975.

Gleichzeitig wusste er, dass er mit dem Staatsanwalt Kontakt aufnehmen musste. Eine Durchsuchung der Höhle konnte nicht ohne Genehmigung durchgeführt werden. Reichten die Handy-Bilder als Beweismittel aus? Auch die Todesdrohung auf dem Handy von Stefanie war ein Grund Personenschutz zu organisieren. Dafür war seine Dienststelle des Bundeskriminalamtes BKA zuständig.

Das reichte vorerst an Vorbereitung. An diesem Wochenende wollte er wieder in das Burgenland fahren. Er hatte Stefanie Begleitschutz und eine Fahrt mit dem Motorrad versprochen. Zunächst besorgte er sich bei einem bekannten Händler das Leih-Motorrad und die Lederkleidung und Helm für sie. Er fieberte diesem Treffen entgegen wie ein junger Mann. Sein Dienst-Handy schaltete er aus, sein privates zeigte eine Nachricht von Hubert. Der Arme konnte seine Urlaubstage in Paris leider nicht genießen. Er schrieb eine SMS: „Lieber Hubert, genieß deinen Urlaub. Bin an der Sache dran, vertrau mir. Nächste Woche wird Entscheidendes passieren. P.S. Stefanie ist wie Du ein Opfer. Grüße deine Familie Edwin."

Dann brauste er los in Richtung Eisenstadt.

14

Zu gleicher Zeit fuhr der Fahrer des Mercedes vor das Gebäude des Clubhotels Fontana in Oberwaltersdorf.

Il Bianco stieg aus den Silber Mercedes aus. Mit einem Wink holte der Fahrer beflissen die Golftasche aus dem Kofferraum und überreichte sie ihm, er musste sie nur wie einen Reise-Koffer hinter sich herziehen. Die karierte Hose sah bei seinem Bauchumfang etwas lächerlich aus und erst wie er ging. Er marschierte mit Stelzenschritten zum Empfang, die neuen Schuhe drückten offenbar.

„Meine Sekretärin hat für 10 Uhr eine Abschlagzeit für mich gebucht." Sein Ton war befehlend unfreundlich wie stets zu seinen Angestellten. Doch die Dame am Empfang ließ sich nicht einschüchtern und sagte überfreundlich. „Guten Tag, Herr ? können Sie sich ausweisen, sind sie ein Mitglied dieses Clubs?"

Das Gesicht von Il Bianco wurde rot wie eine Tomate, die Sonnenbrille rutschte tiefer und er zischte wütend.

„Kindchen, wenn Sie ihren Arbeitsplatz behalten wollen, werden Sie nicht so patzig. Falls Ihnen das etwas sagt. Ich bin mit Herrn Wolf verabredet."

Die Dame tippte noch einmal in ihren Computer und sagte schon weniger freundlich.

„Ich sehe, dass Herr Wolf schon auf der Runde ist, er müsste bereits bei Loch sieben sein. Er hatte einen Termin mit drei Herren aus Wien. Die Namen darf ich Ihnen aus Datenschutzgründen nicht nennen, das werden Sie verstehen."

Il Bianco kochte innerlich vor Wut. Da hatte er erst unlängst einige teure private Golf-Trainerstunden in Anspruch genommen. Weil er zu dem illustren Kreis seiner Wiener Freunde dazugehören wollte. Sein Geschäftspartner Wolf lud ihn zu einer Runde auf dem elitären Platz bei Wien ein, da durfte er sich nicht blamieren. Nun hatte dieser ihn eiskalt versetzt. Was hatte das zu bedeuten? Er wusste, dass auch Wolf bei der Sache in Mattersburg seine Finger im Spiel hatte, genau wie er. Er musste den Grund erfahren. Vielleicht war das Betrugs-Geflecht kurz vor seiner Aufdeckung und Wolf wollte offiziell mit seinen ehemaligen Partnern nichts mehr zu tun haben. Seine einflussreichen Freunde aus dem Ministerium mussten ihn dazu geraten haben, um nicht mit hineingezogen zu werden. Dabei hatten diese Bastarde stets Bargeld-Geschenke kassiert, die sie nie bei ihrem Arsch-Sitzen im Parlament erhalten hätten.

Il Bianco gab sich vorerst geschlagen. Er überreichte der Dame seine Visitenkarte, mit einem 50 Euro Schein und sagte extrem freundlich. „Ach, wahrscheinlich hat meine Sekretärin das Datum verwechselt. Entschuldigen Sie mein Benehmen, Madam, Ihnen kann so etwas sicher nicht passieren. Aber weil ich schon einmal hier bin. Ich warte im Café auf ihn, wenn Sie ihm das bitte ausrichten. Ich nehme nur fünf Minuten seiner wertvollen Zeit in Anspruch. Ach, da fällt mir ein, könnte ich auf der Driving-Range einige Übungsschläge machen. Ich bezahle eine Gästetageskarte dafür."

Er bezahlte mit der Kreditkarte verabschiedete sich mit einer galanten Verbeugung und trollte sich langsam Richtung Übungs-Platz. Er war allein. Nach einer halben Stunde hatte er genug, zog ein frisches Polo-Shirt an.

Daraufhin brachte er seine Sportausrüstung zum Wagen. Seine Laune war am niedrigsten Punkt und fauchte seinen Chauffeur an. „Du wäschst den Wagen bei der

Tankstelle auf Hochglanz und bist in einer Stunde wieder hier und wartest auf mich."
Daraufhin setzte er sich in das Clubrestaurant und bestellte ich ein ausgiebiges Frühstück. Während er durch die großen Glasscheiben die Spieler beobachtete, dachte er über seine nächsten Schritte nach. Er sah es kommen, er roch es förmlich, es stank zum Himmel. Die Ratten verlassen das sinkende Schiff. Es wurde Zeit sich ihnen anzuschließen.
Il Bianco schrieb seinem Hausmeister Bodo ein SMS-Nachricht: „Was Neues in Sachen Steinbruchkontrakt?" Diese unverfänglichen Worte benützte er bewusst, denn Bodo verstand, was hinter dieser Frage versteckt war. Wie war die Reaktion auf die Drohung mit dem Handy-Bild an Dr. Stefanie Schwarzl? Selbstverständlich wurde alles Bedenkliche über das Wertkartenhandy von Bodo verschickt. Sein Name blieb weiß so wie seine Lieblings-Anzüge.
Die Antwort kam prompt: „Dame ins Burgenland und Herr unbekannt verreist."
Il Bianco begriff sofort, was Bodo schrieb und seine Wut steigerte sich ins Unermessliche. Dieser Stümper von Bodo hatte seine Schuldigkeit getan, er musste weg. Diesen unfähigen Mitwisser musste er so bald als möglich loswerden. Doch zuerst musste die Sache vor Ort mit Wolf geklärt werden. Einen Il Bianco versetzte man nicht.
Nach dem Frühstück genehmigte er sich noch ein exquisites Mittagessen. Das Sternerestaurant servierte

solche Mini-Portionen zu Maxipreisen, sodass es für ihn gerade reichte. Der Wolfsbarsch mit sautiertem Gemüse und Minikartöffelchen war für ihn etwas für den hohlen Zahn, wie er sich insgeheim ausdrückte. Der Veltliner aus Niederösterreich sorgte dafür, dass seine Stimmung sich ein wenig besserte. Als das Dessert serviert wurde, kam gerade sein sogenannter Freund Wolf mit drei Herren bei der Tür herein. Dieser nickte kurz in seine Richtung und setzte sich mit seinen Golfpartnern an einen Ecktisch. Das ließ sich Il Bianco nicht gefallen. Er stand auf, ging zum Tisch und sagte: „Grüß dich lieber Siegi, meine Sekretärin hat leider unsere Termine vertauscht. Nun muss ich die Golfrunde mit dir leider canceln. Du hast ja meine Telefon-Nummer. Sag, wenn du wieder einen heißen Tipp von mir haben willst. Mein Weinkeller in der Steiermark ist wie früher offen für dich und deine Freunde. Arrivi derci. Gutes Spiel, die Herren."

Dann ging er hinaus zu seinem seit Stunden im Auto wartenden Chauffeur, der sich mit Energy-Drinks begnügen musste, während sein Chef sich die Wampe vollgefressen hatte. Wortkarg verstaute dieser die Golftasche und übergab ihm den Kleidersack. Il Bianco benützte die Gäste-Umkleidekabine. Frisch geduscht und mit seinem üblichen weißen Maßanzug fühlte er sich wieder etwas besser. Trotzdem kam sein Befehl knapp und schneidend wie immer. „Wir fahren nach Wien, in die Innenstadt. Wir parken in der Tiefgarage in der Nähe vom Parlament. Du hast anschließend zwei Stunden Pause, der Würstelstand ist zu empfehlen. Keinen Alkohol und das Handy abrufbereit halten."

Il Bianco lehnte sich bequem in die weichen Ledersitze, trank genüsslich einen Whiskey mit Eis und döste ein. Er erwachte als sein Fahrer mit dem Auto in die Tiefgarage glitt. Il Bianco rief seinen Geschäftspartner im Ministerbüro an. Der Sektionschef war umgehend zu sprechen. Er spazierte in sein Büro, während dieser gerade den letzten Anruf erledigte. „Irgendwelche Probleme?" fragte er als er auflegte. Dieser zuckte die Achseln. „Nur eine private Sache. Da lässt jemand dauernd sein Auto vor meinem Haus stehen."

„Schmiere ihm doch gründlich die Windschutzscheibe ein. Polyurethan ist das Beste. Wetterbeständig, dauerhaft und undurchsichtig. Ist eine absolute Schweinerei, das wieder runter zu kriegen."

„Il Bianco, Du bist ein ausgefuchster Hund, ich käme nie auf solche Ideen. Der antwortete lässig.

„Alles nur eigene Erfahrung, was hat er nur das letzte Mal erzählt, von diesem Zug der immer nur im Kreis fährt. Was steckt dahinter?"

Der Sektionschef gab ein raues Lachen von sich, legte seinen Finger zum Mund, machte eine Geste des Stillschweigens. Er schielte in Richtung der Tür, um sich zu vergewissern, dass niemand horchte.

„ Dieser beklopfte Siegi der glaubt auch alles. Wusstest du dass er so wie ich, Austern liebt. Aber da er ein geiziges Arschloch ist, gönnt er sich das nie und jammert er die ganze Zeit wie teuer alles ist."

Il Bianco nutzte die Gelegenheit, diesen einflussreichen Beamten des Wirtschaftsministeriums einen Gefallen zu tun, bei dem er nicht nein sagen würde. Später zappelte dieser an seiner Angel wie ein Fisch am Haken.

„Das trifft sich gut, ich kenne ein Lokal in der Nähe vom Naschmarkt. Entfernte Verwandte von mir aus Italien, genau genommen ist es mein Cousin, der hat die frischesten und besten Austern, da gehen wir hin. Du bist mein Gast. Allein schmeckt es nur halb so gut." Der Geladene zierte sich ein wenig, aber er konnte doch nicht widerstehen. Als sie durch das Portal des Ministeriums traten, die Stufen hinuntergingen und unter den Augen der bewaffneten Posten die Sicherheitsschleuse mit den Metallgittern passierten, fragte sich Il Bianco, ob es richtig war, dass er mit dem Sektionschef gesehen wurde. In dem warmen leicht diesigen Sonnenlicht am Platz schien das ganze doch ein wenig zu riskant. Sein Gast war vielleicht doch einer der geheimen Gruppe in Sachen wirecard. Nichts destotrotz, man konnte nie genug Freunde im Ministerium sich zugehörig bestimmen.

So saßen sie nach einer Viertelstunde in einer gemütlichen Ecke des Italieners, tranken erfrischenden Wein und schlürften genussvoll die Austern aus der Schale. Il Bianco prostete seinem gegenüber zu.

„Fühl dich wie zu Hause, lieber Sekzi", seine respektlose Verniedlichung des Wortes Sektionschef überhörte der Angesprochene geflissentlich. „Ich war ganz schön sauer wegen dem Siegi, er sagte er würde in der nächsten Stunde zurückrufen. Dieser Feigling hat sich von unserem Club verabschiedet und holt sich neue Zuträger. Ich habe ihn heute mit drei deiner Kollegen beim Golfen gesehen. Er tat so, als würde er mich nicht kennen."

Der Sektionschef konnte nur vermuten, dass ein Minister also sein Vorgesetzter gegebenenfalls derjenige war, über den sein Gastgeber herzog. Wer sich tatsächlich dahinter verbarg, war ihm schleierhaft. Bisher war er noch nicht in den Kreis der Geldempfänger aufgenommen worden. Heute schien sich das Blatt zu wenden. Warum nicht, alle tun es, nur er selber ging bisher leer aus. Was ist schon dabei, wenn einige Geheimnisse etwas früher an die richtige Adresse verraten werden. So verlief der

Nachmittag in angenehmer Atmosphäre. Der Sektionschef plauderte angeregt durch einen guten Tropfen Wein immer munterer drauf los. Il Bianco hatte schon längst in seiner Brusttasche das Diktiergerät eingeschaltet, es machte keine Mühe sich die Details zu merken, sie wurden ja aufgezeichnet. Mit diesen Daten würde er an noch heiklere Dinge herankommen, der Fisch hing an seiner Angel.

15

Edwin genoss die Fahrt nach Eisenstadt. Einerseits war er aufgeregt wie ein Junge bei seinem ersten Date. Andererseits erhielt die Suche nach der Wahrheit etwas von der stumpfen Beharrlichkeit eines Wahnsinnigen. Der Kriminalist in ihm spürte, dass er ganz knapp dran war, diese Verbrecher zu überführen. Das konnte ihm nur mit dem Wissen von Dr. Stefanie Schwarzl gelingen. Sie kannte gewiss die Namen der Mächtigen in der Wirtschaft und Politik. Die Zeit war zerschmolzen, es musste endlich Bewegung in die Sache kommen. Nicht nur um den Tod seiner Frau zu rächen, sondern auch, dass er endlich einen Schlussstrich zur Vergangenheit machen konnte. Er war bereit für einen Neubeginn.
Als er langsam in den Hof des Gebäudes einfuhr, in dem Stefanies Mutter wohnte, sah er auf der Straßenseite gegenüber einen dunkelblauen BMW parken, in dem eine dünne Gestalt eifrig mit dem Handy beschäftigt war. Irgendetwas stimmte da nicht, denn diese Straße war eine Sackstraße und das steirische Kennzeichen machte ihn misstrauisch hier in dieser Privateinfahrt. Er drehte um, wollte fragen, wen er in dieser Straße suchte. Als dieser ihn auf sich zukommen sah, brauste er im Rückwärtsgang mit quietschenden Reifen davon. Edwin konnte sich gerade noch das Kennzeichen aufschreiben. GU312 TD
Was bewog diesen zur Flucht?
Er war nicht als Polizeibeamter erkennbar, trug normale Motorradkleidung.
Als er an der Haustür läutete, öffnete Stefanie sofort. Es sah so aus, als ob sie auf ihn gewartet hätte. Er war hingerissen von ihrem Anblick. Sie lachte fröhlich, ihre

Augen blitzten schelmisch. "Hallo, guten Morgen, ich hoffe, alles passt, was Sie für mich besorgt haben."
Edwin übergab ihr die Tasche mit der Motorrad Kleidung mit passendem Helm und wartete im Hof auf der Bank auf sie. Die Zeit nützte er für eine Halterabfrage des Kennzeichens des blauen BMW.
Die Auskunft erhielt er umgehend von einem Kollegen. Er hatte ja sein Diensthandy bewusst zu Hause gelassen. Der Autobesitzer war ein gewisser Bodo Slavic, Adresse Unterpremstätten bei Graz. Diesen Mann wird er sich am Polizei-Computer am Montag einmal näher ansehen müssen.
Edwin wartete aufgeregt auf Stefanie, bis sie endlich lachend zur Tür herauskam und es endlich losgehen konnte. Er fuhr bedächtig und genoss die Wärme ihrer Arme, die sie um ihn gebreitet hatte, um sich festzuhalten. Sie machte jede Bewegung und auch jede Kurve tänzerisch mit. Sie beide waren eins auf dem Motorrad. Sie hatten die Ostseite des Neusiedlersees nach vierzig Minuten erreicht. Edwin hielt in Podersdorf an und sie fragte, ob das das Ende ihrer Reise wäre.
„Nein, wir trinken erst einen Kaffee und anschließend ging es weiter Richtung Nationalpark, eventuell fahren wir nach Ungarn." Mit einer Selbstverständlichkeit ließ Stefanie über den Tag und die Routenplanung ihn bestimmen. Sie fühlte sich beschützt wie selten zuvor. Bei ihrem Exfreund Martin gab es, wenn überhaupt nur kurze Urlaubstage im Ausland. Entweder Brüssel oder Berlin, wenn er vom Ministerium gesandt wurde. Wegen der Kinder konnte seine eigene Frau nicht mit. Sie trafen sich stets heimlich in einem Hotel, wo sie allein logierte. Die Sehenswürdigkeiten konnten sie nie gemeinsam besichtigen. Sie war jetzt froh, dass sie endlich diesen

Spuk beendet hatte. Sieben vergeudete Jahre des Verzichts und der Lügen.

„Stefanie, du bist so ernst, bedrückt dich etwas?" Unwillkürlich krampften sich seine Finger um ihre, so als wollten sie die dunklen Wolken aus ihren Gedanken vertreiben. „Ach nein, es ist nichts, " antwortete sie und zog rasch ihre Hand zurück. „Wollen wir weiterfahren?" Langsam fuhren sie den Nationalpark entlang.

Ab und zu blieben sie am Straßenrand stehen, um die Vogelwelt zu beobachten, dann wieder um zu lauschen. Etwas zischte leise im Gras, etwas knisterte im heißen Kies. Überall war dieser leise surrende Ton. Plötzlich begriffen sie, dass dies Tropfen waren, die schwer niederfielen. Noch waren sie spärlich, dann begann ein Rauschen und der Himmel öffnete alle Schleusen der schwarzen Wolkenberge die sie bisher ignoriert hatten Sie waren zu sehr mit sich beschäftigt gewesen, dass sie die drohenden Gewitterwolken nicht sahen. Nun flüchteten sie durch den prasselnden Regen in Richtung Neusiedl am See. Dort angekommen, suchten sie das erstbeste Restaurant, das ihnen gut erschien, auf. Mittlerweile waren beide hungrig und durstig. Die Motorrad-Kleidung war ein guter Schutz gegen den Regen gewesen, sodass sie nach einem kurzen T-Shirt-Wechsel, die beide vorsorglich im Gepäcksträger dabei hatten, sich an dem sogenannten Stammtisch setzten. Die rustikale Eckbank schien ihnen passend zu sein, außerdem waren sie allein am großen Tisch. Beide tranken Traubensaft und bestellten das Tagesmenü. Krautsuppe und Bratwürste mit Kartoffeln. Deftig, aber gut. „Wie soll es nun weitergehen, ich habe mich krank gemeldet. Irgendwie musste ich begründen, weshalb ich am Montag nicht mehr im Büro in Graz arbeite. Vor allem möchte ich nach dem peinlichen Bild in meiner Wohnung nie mehr mit Mag. Steinwender in einem Büro sitzen."

„Ich kann dich verstehen, Stefanie glaube mir, meinen schüchternen Freund Hubert geht es noch schlimmer. Der hat Angst, dass seine Frau wenn sie das sieht, falsche Schlüsse zieht und sich scheiden lässt. Du bleibst vorerst im Krankenstand, bis diese Verbrecher überführt und verhaftet sind. Ich bin überzeugt, in den nächsten Wochen tut sich einiges. Ich bin an einer ganz heißen Spur. Es sind eigentlich zwei große Verbrechen. Das eine ist dieser riesige Finanzskandal mit den verschobenen Milliarden an denen du dran warst, das Geflecht zu enttarnen. Es wäre hilfreich, wenn du mir eine Liste der Namen gibst, die du in Verdacht hast. Dein Name wird geheim bleiben, ich werde nicht verraten, von wem ich die Liste habe. Auch wenn es in höchste Regierungskreise geht, wir brauchen Namen für eine Hausdurchsuchung.

Das andere führt in die Steiermark und ist ein Umweltverbrechen sondergleichen. In einem Steinbruch Nähe Graz rosten Metallfässer mit Dioxin vor sich hin. Wenn das Gift ins Grundwasser kommt, ist die ganze Stadt verseucht. Ich bin überzeugt, dass diese Verbrecher miteinander zu tun haben. Es geht wie immer um sehr viel Geld."

Stefanie strich sich ihr Haar aus dem Gesicht, während sie überlegte. Edwin würde sie am liebsten küssen und umarmen, so hilflos wirkte diese Geste auf ihn.

„Ja, ich tue was ich kann, du erhältst von mir die Namen, die ich bereits für den Finanzstaatsanwalt vorbereitet hatte. Du kannst sie mit den Verdachtsfällen von Huberts Liste abgleichen. "

Es sah aus, als ob eine schwere Last von ihr gefallen wäre. Sie streckte und schüttelte sich, lachte ihn an.

„So und nun fahren wir zurück nach Eisenstadt und bummeln durch die Stadt um später einen guten Burgenländerwein zu genießen."

Gesagt, getan. Die Gewitterwolken hatten sich verzogen, die Sonne trocknete die Straße und Stefanie hatte sich zu Hause umgezogen, und die Motorrad-Kleidung zurückgegeben. Sie kam in einem luftigen Kleid die Treppe herunter und Edwin blieb sprachlos stehen um zu staunen. Er trug wieder Jeans und seine obligatorische Lederjacke. so zogen sie los um die Stadt zu erobern. Sie gingen wie selbstverständlich vertraut Hand in Hand durch die Gassen. Ab und zu blieben sie vor einem Schaufenster stehen. Edwin betrat das Geschäft und kam mit einer kleinen Tasche wieder heraus. „Ich habe mir Toilettenartikel organisiert, ich werde heute Nacht in einem Hotel in Eisenstadt übernachten. Ich fahre nie, wenn ich Alkohol getrunken habe aber heute möchte ich mit dir den Abend mit einem guten Glas Wein ausklingen lassen."

Stefanie sagte nichts, sah ihn fragend an, was er wohl damit beabsichtigte, trotzdem freute sie sich auf den Abend.

Erst spät in der Nacht begleitete Edwin Stefanie zurück zur Wohnung der Mutter. Er wartete, bis drinnen das Licht anging und der Schlüssel umgedreht wurde. Langsam spazierte er im Mondlicht in die Stadt zu seinem Hotel. Er gestand sich ein, er war verliebt wie seit Jahren nicht mehr.

Sie plauderten während des Abendessens und anschließend beim Wein über Kultur und Politik und über ihrer beiden Vorlieben beim Essen und Trinken. Was sie bewusst vermieden war die Arbeit und die Vergangenheit. Weshalb nur, fragte er sich sinnierend. Hatten sie Angst vor dem Zerbrechen der zarten Bande zwischen ihren Herzen. Die fein gesponnenen Fäden konnten vielleicht durch einen Schatten ihrer Vergangenheit zerreißen oder auch wegen der Schwärze und den Sumpf die sie bei der Arbeit zurzeit durchschritten,

Am nächsten Morgen regnete es. Somit war eine Spazierfahrt im wahrsten Sinne des Wortes ins Wasser gefallen. Die Felder und Wiesen draußen nahmen das niederprasselnde Nass gierig auf. Pünktlich um zehn Uhr läutete Edwin an der Eingangstür und Stefanie öffnete. Sie sah etwas müde aus, jedoch als sie ihn erblickte und hereinbat, sagte sie mit spitzbübischem Lächeln: „Hereinspaziert der Herr, hat er gut geruht?"

„Danke der Nachfrage, Madame, ausgezeichnet."

Edwin wurde wieder ernst und sagte.

„So gerne ich hier bei dir bleiben möchte, aber so wichtig ist es, dass es endlich eine Lösung der Kriminalfälle gibt. Ich fahre ins Büro nach Wien um zu arbeiten. In der Steiermark muss ich Kollegen und Staatsanwälte informieren usw. Ich will dich nicht mit Details belasten. Ich bitte dich, das Haus heute nicht zu verlassen. Morgen werde ich dafür sorgen, dass immer ein Streifenwagen in eurer Nähe ist. Am Telefon solltest du auch stets für mich erreichbar sein."

Er umarmte und küsste sie. „Ich liebe dich, du bist das Wertvollste auf der Welt, gib Acht auf dich."

Stefanie lehnte sich an seine Brust und flüsterte. „Mir geht es genauso, ich liebe dich."

16

In Paris frühstückten am Morgen wieder wie jeden Tag ihres Aufenthaltes Hubert und Sophie mit Saskia ausgiebig und lange im Hotel. Sophie war ausgeschlafen und voller Tatendrang. „Mein liebes Kind, wohin führst du uns heute. Wir hatten bisher großes Glück mit dem Wetter."

„Ich habe einen Wagen gemietet und wir besuchen heute das Haus vom berühmten Maler Claude Monet. Der Seerosenteich ist zauberhaft, wie der ganze verwunschene Garten in Giverny, Papa, du wirst viele Foto-Motive für dich entdecken."

Hubert war nicht ganz bei der Sache und murmelte: „So, so, wenn du meinst."

Sophie sah ihn verwundert an. „Du bist ja sonst stets mit deiner Kamera unterwegs." Sie ließ sich nicht ihre gute Laune durch ihn verderben und sang fröhlich:

„ Ganz Paris träumt von der Liebe.la, la, la",

Bisher hatten sie schon einige Sehenswürdigkeiten der Stadt, das sogenannte Pflichtprogramm jeden Besuchers gesehen. Sie waren auf dem Eiffelturm, sie bestaunten den Glanz und die Pracht von Versailles und vieles mehr, das sie viel später zu Hause erst richtig erfassen konnten. Vor allem, wenn sie die Fotos, am Bildschirm anschauen werden.

Die Fahrt nach Giverny war nicht allzu weit, Saskia hatte bereits Eintrittskarten für sie reserviert und so verbrachten sie einige Stunden in diesem Paradies. Alles blühte, am Weg entlang dieser Blumenrabatte und Torbögen bis zum Seerosenteich. Oft blieben sie stehen um die Eindrücke gierig festzuhalten und Hubert fotografierte mit Begeisterung diese Pracht. Saskia war wieder die perfekte Fremdenführerin. Sie rezitierte: „ Der Wassergarten, der von dem Künstler selbst gestaltet wurde, wird von einem Seitenarm des Flusses Epte durchzogen. Dies bildet ein zauberhaftes Gesamtbild einer japanischen Inspiration, gemeinsam mit der berühmten kleinen grün gestrichenen Brücke, mit ihren Glyzinien, dem Teich und den unzähligen Seerosen. Die Blumen am Rande, die üppigen Pfingstrosen und zarten Lilien, die Sträucher aus Bambus und Trauerweiden boten Schutz und Lebensraum für Vögel und Insekten. Ruhe und Inspiration für die Besucher ,
Sie gingen weiter und sahen das Haus. An den Hang schmiegte sich das rosafarbene alte Gebäude mit den grünen Fensterläden, die Wirkungsstätte des Malers. Vor ihnen entstand ein Bild, so intensiv wie der Meister es seinerzeit gemalt hatte.
Am Nachmittag fuhren sie müde und hungrig nach Paris in ihr Hotel zurück. Sie ruhten sich nach einem kleinen Imbiss aus und freuten sich auf den Abend.
Als Abschluss ihres Aufenthaltes hatten sie geplant auf den Hügel des Montmatre zu spazieren. Von ihrem Hotel

war es nicht weit, aber der Berg war über die Treppen doch etwas mühsam zu erobern. Sophie, die Sportlerin ging leichtfüßig hoch, genau wie Saskia, aber Hubert der Schreibtischmensch plagte sich doch ein wenig. Der deutsche Name des Berges heißt nicht umsonst Märtyrerhügel.

Am Gipfel thront die Basilika Sacre Coeur, dieses Bauwerk belohnte die Mühe des Aufstieges, das muss man gesehen haben. Der feierliche Eindruck des Altars und der Kirche vermittelte Ruhe und Stille.

Sie flanierten anschließend über den Künstlermarkt, konnten Maler bewundern, die ihre Bilder vor Ort malten und feilboten.

Als es dunkel wurde, spazierten sie langsam zurück und sie genossen noch gemeinsam ein Abschieds-Abendessen im Hotel-Restaurant. Leider war die Urlaubswoche schon vorüber. Auch Saskia musste wieder für ihr Studium arbeiten, so wie ihre Eltern auch ihre Verpflichtungen hatten. Mit Wehmut dachten sie an die Heimreise.

Hubert konnte die Ungewissheit nicht länger ertragen es nagte wie ein Stachel in ihm. In der Toilette rief er heimlich seinen Freund Edwin an. Sophie würde es nicht verstehen, deshalb die Geheimnistuerei, sie wusste zum Glück nicht den Grund ihrer spontanen Reise nach Paris. Leider war nur dessen Mailbox eingeschaltet. Diese Tage in Paris wären so wunderschön gewesen, wenn er nicht ständig an seine Entführer und Erpresser denken müsste.

17

Da der Arbeitstag für die Angestellten im Staatsdienst gerade sein Ende nahm, konnte man hören, wie überall im Ministerium die Türen aufgingen. Auf den Fluren ertönte ein Stimmengewirr, das sich, durch die gute Akustik verstärkt, rasch zu einem Tumult entwickelte, der das Wogen der noch unsichtbaren Menge auf die Eingangshalle zu ankündigte. Innerhalb einer Minute waren sie überall. Selbst die riesige Treppe konnte kaum die Masse von Menschen fassen, die erpicht darauf waren aus dem Haus zu kommen, zu Mittag zu essen und sich auszuruhen oder heimlichen Nachmittagsjobs auf dem florierenden schwarzen Arbeitsmarkt zu eilen.

Seit der Sektionschef die Einladung von Il Bianco zum Austern-Schlürfen angenommen hatte, zerbrach er sich den Kopf, in welches Restaurant ihn dieser heute einladen würde. Die einzigen Lokale, die er selbst zurzeit kannte, waren in der Nähe des Ministeriums und wurden regelmäßig von dessen Angestellten aufgesucht. Deshalb wäre es nicht ratsam, dorthin zu gehen. Abgesehen von dem Risiko hatte er keine Lust sich mit den wissenden Blicken, Seitenhieben und anzüglichen Fragen seiner Kollegen herumzuschlagen. Außerdem war es wichtig, die richtige Kategorie zu wählen. Es durfte natürlich nichts Billiges oder Abgerissenes sein. Aber es sollte auch nicht zu großartig oder anspruchsvoll sein.

„Also, wo gehen wir hin? Wo ist heute unser Treffpunkt?" war seine Frage am Telefon gewesen.

Il Bianco antwortet mit seinem lässigen Akzent, der noch ein Erbe der italienischen Vorfahren entstammte.

„Es gibt ein Lokal, das erreicht man am besten mit dem Taxi. Lieber Sekzi, das bezahle ich, das ist selbstverständlich. Meistens ist es voller Touristen, aber trotzdem exquisit. Man kann dort sehr gut anonym speisen."

Vor dem Ministerium hielt Sektionschef Dr. Alfred Friedl ein Taxi an. Die etwas längere Fahrt trug nicht gerade dazu bei, seine Befürchtungen zu zerstreuen, dass ein größeres Fiasko bevorstand. Bisher hatte er stets bei den Treffs so wenig als möglich interne Angelegenheiten verraten. Außer Essenseinladungen waren noch keine Geschenke in Form von Scheinen geflossen. Doch diesmal wirkte der Anruf seines Gastgebers angespannt und er deutete an, dass dieser ihm ein Geschenk aus der Schweiz mitgebracht hätte. Er bräuchte seine Hilfe in einer wichtigen Sache. Alle Anrufe erfolgten stets über das Wertkartenhandy das Il Bianco beim zweiten Treff ihm schenkte.

Das Taxi hielt am großen Platz mit einem kleinen Springbrunnen an. Als er ausstieg, rasten zwei Jugendliche auf ihren Mopeds vorbei, von denen einer auf dem Rücksitz stand und sich an den Schultern des Fahrers festhielt. Der dadurch erzeugte Luftzug versprühte das Wasser, das aus den Öffnungen des Brunnens heraussprudelte. Ein Regenbogen bildete sich und obwohl nun seine Hose und Jacke nass waren, glaubte er, dass alles gut gehen würde. Eine Hand wäscht die andere. Dann fiel sein Blick auf das Restaurant. Es sah einladend aus. „Es ist schon spät." Hörte er eine Stimme hinter sich. Il Bianco im makellosen Anzugs-Weiß war aus dem Schatten des Brunnennebels herausgetreten.

Der Sektionschef war überrascht.

„Es ging nicht schneller, wenn es in Ordnung ist. Gehen wir."

Die Fassade des Restaurants wirkte wie ein Palazzo mit den in Stein gehauenen Ornamenten und Schnörkeln. Der Eingang war eine Glastür die einen wuchtigen Rahmen mit Messingbeschlägen hatte, vermittelte einen gediegenen ersten Eindruck. Die meisten Plätze waren besetzt, doch in einer Seitennische gab es einen freien Tisch, der offenbar für sie beide reserviert war.

Il Bianco wirkte ernst und niedergeschlagen. Er bestellte und wählte stets die Speisen und Getränkefolge. Der Geladene hatte sich zu fügen und den guten Geschmack des Gastgebers anzunehmen, was auch fast immer in Ordnung war. Es war alles für den Sektionschef merkwürdig aufregend und neu und er ertappte sich bei den Gedanken dabei, was nach dem Mittagessen passieren könnte. Ob sein Gastgeber gleich mit der Tür ins Haus fallen wird, was er als Gegenleistung für seine Geschenke erwarte. Man wird sehen. Er war vorbereitet, seine Gegenleistung würde sich nach der Endsumme richten.

Ohne Ankündigung sprach sein Gegenüber.

„Lieber Sekzi, ich habe von einem Freund erfahren, es soll in einem meiner Steinbrüche eine Umweltprüfung erfolgen. Angeblich wären illegal Benzinfässer gelagert. Deine Beamten sollen nichts anderes machen, als die Sache hinauszuzögern. Ich möchte auf alles gut vorbereitet sein. Nächste Woche habe ich einen Termin in Senegal bei einer meiner Minen. Ich muss dort für Ordnung sorgen. Also die Afrikaner muss man auch ständig kontrollieren, sonst wirtschaften sie in die eigenen Säcke. Alles was ich von dir verlange ist, drei Wochen Zeitgewinn."

Alfred Friedl war ein wenig enttäuscht und verwundert. Das war doch kein großer Gefallen, den er seinem Freund erweisen durfte. Einige Wochen Verzögerung war doch für einen Beamten eine ganz normale Sache. Dementsprechend niedrig wird wahrscheinlich auch das Geschenk ausfallen. Na was soll es, vielleicht braucht er später wieder eine Gefälligkeit und er hoffte auch auf eine Einladung in sein sagenhaftes Weingut in der Südsteiermark. Er hatte schon davon munkeln gehört, wie prächtig und toll es dort sei, wenn man eingeladen wird.

Sie waren beim Mocca angelangt, als Il Bianco es plötzlich sehr eilig hatte. Er schob seinen Gast rasch ein Kuvert über den Tisch bezahlte und weg war er. Vorsichtig öffnete dieser das Kuvert und zählte fünfhundert Schweizer Franken. Na, ja für das Nichtstun eine hübsche Summe.

Mittlerweile lehnte Il Bianco schon wieder in seinem bequemen Ledersitz im Mercedes, als sie die Stadt Wien verließen. Zum Chauffeur bellte er einen kurzen Befehl als sie an einem Markt für landwirtschaftliche Produkte vorbeifuhren.

„Rechts ranfahren, zum Parkplatz. Du gehst jetzt einkaufen. Je vier Stück Größe L Latzhosen und Arbeitsjacken, Schutzbrillen und Arbeitshandschuhe passend für Forstarbeiter, Gummistiefel Größe 44."

Er drückte ihm 500 Euro in die Hand. „Rechnung und Retourgeld zurück. Alles verpackt in den Kofferraum."

Der Chauffeur wunderte sich, wagte aber keinen Einwand und trollte sich mit einem großen Einkaufswagen Richtung Geschäft.

Während dessen rief er von seinem Wertkartenhandy Bodo an, der den Auftrag erhielt, die alten Weinfässer aus dem Keller zu holen und gründlich zu säubern. Wozu auch immer, er tat es widerwillig. Weil alles hypermodern war und sogar ein Aufzug in den Keller führte, war dies eine Arbeit, die er allein bewältigen konnte. So holte er nacheinander sechs Weinfässer hoch, reinigte sie mit dem Kärcher und legte sich anschließend wieder in die Sonne. Es war doch herrlich, wenn sein Herr auswärts zu tun hatte. Die Siesta dauerte leider nicht allzu lange. Denn kaum war die Arbeit erledigt, läutete schon wieder sein Telefon. Bodo war unruhig und nervös. Sein Koks-Vorrat war ziemlich geschrumpft, sein Herr und Meister hielt ihn kurz mit diesen Gaben. Doch jedes Mal wenn er allein war übertrieb er und schnupfte wie in alten Zeiten.

„Bodo, ich sende dir eine Telefon-Nummer und du schickst die delikaten Nackt-Bilder der Finanzer mit dem Kommentar: *Sie sollen wissen, was ihr Mann in der Freizeit treibt.* Anschließend wird dein Handy vernichtet, du bekommst von mir ein neues Handy."

Der Angesprochene konnte sich denken, was sein Herr damit bezweckte, Unruhe stiften im Hause des Finanzbeamten. Ihm war es egal. Er musste seinen Chef bei Laune halten, er benötigte dringend Nachschub.

18

Kriminalhauptkommissar Edwin Bauer schuftete sich den Samstag und den Sonntag durch die Akten und Computersuchlaufwerke und tüftelte wie er am besten an die Kriminellen herankommen könnte. Vorläufig ging es nur durch Überwachung. Doch ob er die Genehmigung von oberster Stelle erhalten würde, war fraglich.

Er benötigte einen Grund für eine Hausdurchsuchung. Diese aalglatten Verbrecher waren vernetzt und abgesichert. Jahrelang musste er sich mit vagen Vermutungen begnügen. Doch seit seinem Besuch in Graz hatte er die Spur bis zu einem Kraken Kopf der Bande zurückverfolgen können. Mit der Genehmigung einer Hausdurchsuchung des Andre Tomaseli hätte er die Möglichkeit der Sicherstellung von Beweismaterial wie Computer etc. Das was er vorhatte, war zwar nicht legal, weil sein Antrag bei der Staatsanwaltschaft nur das Delikt der hochgiftigen Umweltgefährdung beinhaltete, aber anders käme er nie in den privaten Teil des

Weingutes. Er wusste mittlerweile, dass dort einige Minister bei Festen als Gäste oft ein und ausgingen. Das machte die Angelegenheit schwieriger bis fast unmöglich.

In den nächsten Tagen versuchte Edwin einen Termin bei der Staatsanwältin Dr. Ilse Gruber zu erhalten. Es dauerte bis Donnerstag, bis diese endlich Zeit hatte. Sie kannten sich recht gut, sie arbeitete gründlich und genau. Deshalb war er über die Verzögerung nicht böse, nur ihr konnte er vertrauen.

Die Staatsanwältin war eine grauhaarige, üppige Dame. Wenn man sie auf der Straße traf, dachte man sie sei die Wirtin von nebenan, so freundlich und ansprechend war ihr Äußeres und ihr Benehmen, vor allem weil sie privat stets Tracht trug. Auch bei ihrem Treffen im Parlaments-Café trug sie ein grünes Trachtenkostüm mit einer rot gestreiften Bluse. Dieser harmlose Eindruck täuschte jedoch. Die Rechtsanwälte und Angeklagten fürchteten ihren scharfen Reden, keinen Widerspruch duldenden Anklagen, die selten auf Milde hoffen konnten.

Als Edwin ihr den gesamten Sachverhalt vorgetragen hatte, und um Unterstützung betreffend einer Hausdurchsuchung gebeten hatte, überlegte sie kurz, wobei sie ihre hellblauen Augen auf die Kaffeetasse gerichtet war.

„Edwin ich kenne dich schon sehr lange, und auch deine faire korrekte Ermittlungsarbeit. Dieser Fall scheint dich schon sehr lange zu beschäftigen. Meinst du nicht, dass du befangen bist, wegen dem Auto-Unfall deiner Frau?"

Edwin war geschockt. Woher wusste die Staatsanwältin von dem Unfall, der ein Mordanschlag gewesen war? Hatte sie sofort glasklar die Zusammenhänge erkannt? Seine Antwort kam zögerlich.

„Liebe Ilse, du hast mit deinem Einwand vollkommen Recht. Bis vor einiger Zeit war es auch so, dass ich zu verbissen an den Fall rangegangen bin, sodass es auch keine Erfolge gab. Doch in diesem aktuellen Fall ist alles anders. Ich will die Vergangenheit endlich abschließen und frei für die Zukunft sein. Das kann ich nur, wenn diese Verbrecher endlich zur Rechenschaft gezogen werden. Außerdem sind diese Dioxin-Fässer in der Höhle eine Gefahr für eine ganze Stadt. Die müssen so rasch als möglich fachgerecht entsorgt und verbrannt werden."

Sein Gegenüber trank einen Schluck Wasser, die Kaffeetasse war bereits leer wie der Kuchenteller.

„Ich werde sehen, was ich für dich tun kann, der Zuständigkeitsbereich dieses speziellen Umwelt-Falls ist in der Steiermark, aber ich kenne auch dort einige gute Leute. Ich sage dir rechtzeitig Bescheid."

Damit war die Audienz beendet und die Dame erhob sich, wobei Edwin sofort aufsprang und ihr in den Umhang half. Sie verließ das Café, er sah ihr nach und dachte. Ihr Abgang wirkte wie der einer Gutsherrin.

Ein wenig aufgemuntert machte er früher Feierabend und rief Steffi in Eisenstadt an.

Es war leider nur die Mailbox an und er machte sich ein wenig Sorge, weshalb.

Eine Stunde später rief sie zurück und war ganz aufgelöst.

„Edwin, es ist etwas Furchtbares passiert, die Hauskatze meiner Mutter, die Minka lag heute Morgen mit einer Drahtschlinge um den Hals hinten im Garten Wer kann denn nur so kaltherzig sein. Das arme Tier war schon einige Tage abgängig. Aber das tut sie öfter, wenn sie auf Sondierung nach neuen Revieren unterwegs ist. Nach einiger Zeit kommt sie wieder, sie hatte eben ihre große Freiheit und ihre Macken über die Felder zu streifen."

Edwin hörte an der Stimme von Stefanie, dass sie geweint hatte und es drückte ihm vor Mitleid das Herz. Gleichzeitig beschlich ihn ein Angstgefühl, das er lange nicht gehabt hatte. Denn dieser Tod der Katze war ein typisches Zeichen der Mafia-Methode. Es sollte eine Warnung sein: Erst die Katze, dann du.

Er versuchte ganz ruhig zu antworten, um sie zu beruhigen. „Das war sicher ein ganz grässlicher Dumme-Jungen-Streich. Trotzdem bitte ich dich ein Foto zu machen, die Polizeistation verständige ich, die sollten sowieso euer Haus im Auge behalten. Sobald es möglich ist, komme ich wieder nach Eisenstadt. Glaub mir, du fehlst mir."

Der Alltag hatte Sophie und Hubert wieder eingeholt. Sie arbeitete wieder im Geschäft ihres Bruders an einer neuen Werbestrategie für den Herbst. Sie ließ sich von der Paris-Reise inspirieren und brachte eine Leichtigkeit in die neue Line. Alle Mitarbeiter waren begeistert von ihren Ideen.

Hubert ging ungern mit Bangen nach dem Urlaub ins Büro. Er fürchtete sich vor dem Treffen mit Frau Dr. Schwarzl. Als er erfuhr, dass sie sich krankgemeldet hatte, war er erleichtert. Allerdings wurde er gleich am Vormittag zu seinem Vorgesetzten Hofrat Schneider zitiert. Der empfing ihn äußerst kühl und reserviert.

„Werter Mag. Steinwender, Sie nehmen Urlaub mitten in der heikelsten Phase der Aufklärung eines groß angelegten Steuerbetruges, was denken Sie sich. Bisher kannte ich Sie als korrekten, fähigen Mitarbeiter unserer Abteilung. Nun mussten wir den Fall nach Wien abgeben. Kein Ruhmesblatt für uns."

Kleinlaut versuchte Hubert eine Begründung vorzubringen und stotterte unbeholfen die Tochter hätte dringend bei der Wohnungseinrichtung in Paris Hilfe benötigt, usw. usw.

Niedergeschlagen kehrte er in sein Büro zurück und versuchte Edwin telefonisch zu erreichen. Leider vergeblich. Die Woche zog sich mit langweiligen, harmlosen Fällen, die er bearbeiten musste. Als er am Donnerstag nach Hause kam, war Sophie zu Hause, was selten vorkam. Ganz aufgeregt erzählte sie, dass vor ihrer Haustür ein toter Vogel, eine Taube gelegen sei, mit einer Drahtschlinge um den Hals. An der Schlinge hing ein Zettel mit einem Totenkopfbild.

Hubert erstarrte vor Schreck. Zum Glück war in ihrem Haus bereits die Alarmanlage eingebaut, doch trotzdem hatte er Angst. Das war sicher ein Zeichen dieser Gangster. Er arbeitete doch nicht mehr an dem Fall, was wollten die denn noch von ihm? Die fünfzigtausend Bestechungsgeld hatte er nicht angenommen und in die Höhle gelegt. Auch die Dias vom Steinbruch und von der Höhle wurden von ihm weisungsgemäß vor der Höhle hinterlegt. Das tat ihm besonders leid, weil es sicher künstlerisch wertvolle Bilder geworden wären.

Wieder versuchte er heimlich seinen Freund Edwin telefonisch zu erreichen. Er wollte Sophie keinesfalls verunsichern. Den Vorfall mit dem Vogel tat er für sie als bösen Streich einer Jugendbande ab, die in letzter Zeit auch in ihrer Siedlung mit den Mopeds dröhnend herumfuhren. Sicher hat ein Nachbar eine Anzeige wegen Ruhestörung gemacht und die Meute rächt sich nun bei allen Häusern, weil sie nicht wussten, wer der Denunziant war.

Diesmal meldete sich Edwin am Telefon persönlich. Hubert erzählte vom Büroalltag und der Rüge wegen der kurzfristigen Urlaubsmeldung, außerdem vom toten Vogel mit der Drahtschlinge.

„Nun wird es wirklich ernst", dachte Edwin. Er bat ihn, er solle das arme Tier fotografieren, nur mit Einweghandschuhen anfassen in einer Plastiktüte verpacken und in einem Karton verpackt im Garten vergraben, Vielleicht könnte er mit Hilfe der Spurensicherung einen registrierten Täter ermitteln. Das Bild sollte er an sein Handy senden. Es klingt alles kompliziert und suspekt, aber Edwin wollte sich jede Möglichkeit offen lassen, über die Handlanger die Auftraggeber zu enttarnen. Kein Polizeiposten würde die Anzeige wegen Tierquälerei ernsthaft weiter verfolgen. Edwin beruhigte ihn, so gut es ging, außerdem käme es demnächst zu einer Hausdurchsuchung und er würde seine Hilfe wahrscheinlich außerdienstlich bei der Aktendurchsicht in Anspruch nehmen.

Edwin Bauer reizte alle seine Möglichkeiten aus sodass endlich Bewegung, in die Angelegenheit wirecard kam. Nur über Umwegen erhielt er endlich die Genehmigung zur Hausdurchsuchung. Der Besitzer des Steinbruches war verantwortlich für die illegale Giftmüll-Deponie in der Höhle. Gleichzeitig war er einer der Groß-Aktionäre von Wirecard gewesen. Einige seiner Geschäftspartner hatten sich bereits ins Ausland abgesetzt. Deshalb konnte man ihm nicht länger den Zugriff zu dem Verdächtigen verwehren.

Am kommenden Sonntagabend sollte die Aktion gestartet werden. Kennwort Fledermaus. Zwei voneinander getrennte Strafakte. Ein Wirtschaftsdelikt und ein Umweltvergehen.

Ein Spezial-Fahrzeug mit Männern in Schutzanzügen werden die Dioxin- Fässer nach Seibersdorf bringen. Später sollte entschieden werden, wo diese brisante Fracht endgültig verbrannt und unschädlich gemacht wird.

Es war ein zähes Ringen gewesen, diesen Auftrag erteilen zu dürfen. Irgendein Minister oder Oberstaatsanwalt hatte stets eine Gesetzeslücke parat, so verzögerte sich alles um zwei endlose Wochen.

Gleichzeitig mit der Aktion Fledermaus erhielt er den Hausdurchsuchungsbefehl für das Anwesen des Andre Tomaseli. Edwin verglich dieses Weingut mit Fort Knox, so schwer war es dort hineinzukommen, geschweige denn eine Beschlagnahmung von Akten zu erhalten.

Edwin leitete das Unternehmen Fledermaus und ordnete an, dass zuerst das Weingut von Andre Tomaseli durchsucht und Laptop, Akten usw. an das Kriminalamt für Wirtschaftsdelikte übergeben wird Das musste rasch geschehen, bevor wichtiges Beweismaterial womöglich vernichtet wird Die Dioxin-Fässer sollten anschließend mit den Spezialisten beschlagnahmt werden. Diese rosteten schon jahrelang in der Höhle, die konnten noch einige Stunden warten.

Fünf Männer standen vor dem Tor des prächtigen Anwesens. Edwin läutete und ein dünner Mann mit schütterem Haar kam bis zum Gitter und sagte in gebrochenem Deutsch, sein Herr sei beim Golfspiel in Piberstein, er dürfe niemand hereinlassen.

Edwin zeigte ihm den Dienstausweis und den Hausdurchsuchungsbefehl. „Wir dürfen, das können Sie glauben und wenn Sie nicht sofort aufmachen, wird die

Tür von uns geöffnet und Sie werden in Gewahrsam wegen Behinderung einer Polizeiaktion genommen." Bodo überlegte einige Minuten, entschied sich dann das Tor zu öffnen. Die Autos fuhren knapp vor das Gebäude und die Männer stürmten hinein. Sie packten Ordner in Plastikbehälter, mehrere Computer und ein Buch, das am Schreibtisch lag, eingebunden in Zeitungspapier. Edwin schlug das Buch auf, es war ziemlich abgegriffen, SIEGMUND FREUD MASSENPSYCHOLOGIE UND ICHANALYSE. Sicher auch ein gutes Lehrbuch, wenn man Menschen verstehen und dann manipulieren wollte. Die ganze Aktion dauerte zwei Stunden. Die Autos waren bepackt sie wollten gerade abfahren, als ein weißer großer Bentley ankam. Bodo hatte seinen Herrn informiert, und wunderte sich, dass er keine Rüge erhalten hatte.

„Guten Tag, meine Herren, ich bin überrascht über Ihren Besuch." Lächelte der Weißgekleidete der Mannschaft entgegen. Edwin wusste, dass es zynisch gemeint war und jener sicher längst über diese Durchsuchung Bescheid wusste. Nicht umsonst wurde der Termin immer wieder verzögert.

Nun stand er nach sieben Jahren diesem Mann gegenüber, der wahrscheinlich für den Tod seiner Frau verantwortlich war. Er war wie gelähmt. Langsam zückte er seinen Ausweis und übergab den Durchsuchungsbeschluss.

„So, so, die üppige Ilse und die Pauline haben unterschrieben, die muss ich mir merken", referierte der Weiße spöttisch lächelnd, indem er so tat, also ob er mit allen Staatsanwälten und Richtern per Du wäre.

Sein Ton wurde betont freundlich, die eines Gastgebers.

„Bitte, nehmen Sie Platz meine Herren, das Beweismaterial ist in Euren Autos. Nun können wir zum gemütlichen Teil übergehen, wir essen gemeinsam einen guten Schinken und einen Wein aus meinem Weingarten. Der Nachbar-Winzer hat ihn für mich gekeltert. Sie haben sicher auch in meinem Weinkeller gesucht, aber dort sind nur Weine bester Qualität gelagert. Sie werden keine Leichen im Keller entdecken." Gleichzeitig stieß er einen grellen Pfiff aus, der Dünne erschien wie ein Geist aus dem Nichts. „Sie wünschen Herr."

„Wir haben Gäste, Bodo, hol die Resi vom Nachbarn, die soll uns was Feines richten."

Edwin kochte über diese Kaltschnäuzigkeit innerlich vor Wut. Er ließ es sich nicht anmerken, antwortete betont freundlich.

„Sehr geehrter Herr Tomaseli, wir wissen Ihre Gastfreundschaft zu schätzen, aber wir haben Order, das sichergestellte Material sofort nach Wien zu schaffen, hier ist eine Kopie der Liste, der Gegenstände, Ordner und Computer, die wir vorläufig mitgenommen haben. Guten Tag, wir sehen uns." Mit einer kurzen Handbewegung zur Mannschaft wies er sie an, ebenfalls in ihre Autos zu steigen. Sie fuhren los.

Edwin fuhr allein hinter dem Tross her, der nach Wien ins Speziallabor zur Auswertung der Computerdaten und die Ordner zur Untersuchung brachten. Kurz vor Graz verließ er die Kolonne, die über die A2 weiter fuhren, während seine Fahrt über die A9 Richtung Norden verlief. Zuvor machte er einen kurzen Abstecher zu Hubert und Sophie in Graz-Andritz. Es blieb noch ein wenig Zeit, um rechtzeitig zum Steinbruch in den Annagraben zu gelangen. Der Aufenthalt bei seinen Freunden war deshalb nur von kurzer Dauer. Einen kleinen Imbiss bereitete Sophie für den Gast, während sie von Paris schwärmte. Jedoch, Edwin war nicht bei der Sache, hörte nur halbherzig zu. Er war angespannt und nervös. Bevor er sich verabschiedete wies er Hubert leise darauf hin, dass er eine Kühlbox in seinem Auto dabei habe. Der kapierte sofort und grub die Schachtel mit dem toten Vogel aus. Heimlich, dass Sophie nichts merkte wurde die Aktion tote Taube vollzogen und sie war sicher in der Kühlbox verwahrt, bereit für die Spurensicherung.

Edwin fuhr angespannt in Richtung Annagraben zum Steinbruch und erwartete nervös das Spezialfahrzeug. Er parkte sein Auto in einer Bucht an der Straße, sodass am Vorplatz genügend Platz für den LKW mit dem Spezialtrupp war. Die Eingangstür zur Höhle war durch ein neues Vorhangschloss gesichert. Also war doch jemand vor Ort gewesen. Er berührte es nicht, sondern wartete auf den Sonder-Trupp. Endlich kam der schwere LKW die Auffahrt hoch. Ein Auto mit vier Mann dahinter. Alle trugen schwere Schutzanzüge. Edwin stellte sich vor und ließ den Leiter der Aktion mit einer Zange die Tür öffnen, was ganz leicht gelang. Ein Mann ging mit Taschenlampe in die Höhle, kam gleich heraus und wandte sich an Edwin. „Wollt ihr mich verarschen! Mein Sonntagsabend ist hin. Drinnen lagern nur Weinfässer, sonst nichts."

Edwin erschrak, als er sich davon überzeugt hatte. In der Höhle stapelten sich acht schöne alte Eichenfässer, gefüllt mit Wein.

Es half alles nichts, auch als sie ganz nach hinten gingen. Die Dioxin-Fässer waren verschwunden. Seine Handy-Fotos waren nichts wert, er konnte nichts beweisen.

Wie sollte er diese teure Spezialaktion rechtfertigen! Sein Ruf war ruiniert und er würde zum Gespött des Ministeriums und der Klatschpresse werden.

Dieses Aas Andre Tomaseli hat sicher von irgendjemand einen Tipp erhalten, deshalb wurde auch die Genehmigung dieser Aktion so lange hinausgezögert.

Nun stand er wieder am Anfang, er konnte nur hoffen, dass in den beschlagnahmten Akten irgendein Beweis zu finden war.

Edwin fuhr niedergeschlagen wie ein geprügelter Hund nach Wien ins Amt und übergab die Schachtel mit der toten Taube der Abteilung Spurensicherung. Er bat um vertrauliche Bearbeitung. Bei der Aktion im Weingut hatte Edwin heimlich den Aschenbecher von Bodo dem Lakaien in die Tüte gesteckt, vielleicht gab es hier eine Übereinstimmung der Fingerabdrücke auf der Drahtschlinge. Es könnte sein, dass dieser Dünne schon einmal mit dem Gesetz in Konflikt geraten ist, seine DNA in der Datenbank registriert ist.

Bevor er sich zur Ruhe begab, rief er noch Steffi an, um mit ihr zu plaudern. Er erzählte nichts vom Misserfolg, er wollte sie nicht beunruhigen. Es tat gut, ihre Stimme zu hören. Müde und resigniert wie lange nicht, ging er zu Bett. Er schämte sich, weil er ihr keine Hoffnung auf Erlösung der Angst vor den Verbrechern geben

19

Hubert sah sich gemeinsam mit Sophie am Abend die Fotos, die er in Paris aufgenommen hatte, am Fernsehbildschirm an. Sie tranken ein Glas Wein und lagen glücklich und zufrieden eng umschlungen am Sofa. Abwechselnd gab jeder von beiden einen Begeisterungsausruf von sich. Sie küssten sich. Plötzlich überkam ihnen eine Welle der Leidenschaft. Sie warfen achtlos und rasend schnell ihre Kleider auf den Boden, so drängend war ihre Begierde sich zu vereinen. Sie liebten sich mit einer Intensität und Zärtlichkeit, als sei es das erste oder das letzte Mal.

„Ich liebe dich, ich liebe dich ", stöhnte Hubert als er in ihr kam. Sophie sagte nichts, hielt ihn ganz fest umschlungen, sie wünschte sich diesen Augenblick für ewig festzuhalten.

„Du bist meine große und einzig Liebe meines Lebens."

Als sie nach der Dusche entspannt in ihren Liegen auf der Terrasse die Abendsonne untergehen sahen, widerholte Hubert seine Liebeserklärung. Es war wirklich so, er konnte sich ein Leben ohne seine Frau nicht vorstellen.

Wieder bohrte der Stachel der Angst vor den Erpressern sein Innerstes wund. Er hoffte und wünschte, dass sein Freund Edwin diese Verbrecher verhaften lassen konnte.

Seine Hoffnung wurde zerstört, als er die Morgenzeitung aufschlug. Die Schlagzeile sagte alles:

GIFTFÄSSER WAREN HARMLOSE WEINFÄSSER
Der Spezialtransporter wurde mit viel Aufwand und Kosten für den Steuerzahler umsonst beauftragt. Die Vermutung dass in einem Steinbruch illegal Dioxin-Fässer lagerten, stellte sich als unwahr heraus. Gefunden wurden Weinfässer, die den Besitzer des Steinbruchs Andre Tomaseli Weingutes gehörten.

Auch Il Bianco las die Zeitung und zog genüsslich an seiner Havanna. Diese freudige Nachricht ließ seine Gesundheitsvorsätze schwinden. Nach einem guten Mocca musste einfach eine kleine Sünde sein. Wenn er auch zurzeit keine Gespielin zur Seite hatte, die Zeiten waren zu anstrengend gewesen für solcherlei Ablenkung, so muss es wenigstens der Genuss der Zigarre sein. Er grinste schadenfroh, als er an den arroganten Ermittler Edwin Bauer vom Bundeskriminalamt dachte, den der bis an die Knochen blamiert hatte. Wie gut, dass er Freunde im Ministerium hatte. Er gewann wertvolle Zeit für die Entsorgung der Dioxin-Fässer. Diese lagerten nun auf einem Schrottplatz nördlich von Graz bei einer Eisengießerei. Sobald Fässer in den Hochofen wandern, sind seine Spuren für immer beseitigt. Er war stolz auf sich und seine Ideen.

Bodo hatte er beauftragt, sich von einem Schlepper an der grünen Grenze in Slowenien drei junge Afghanen auszuborgen und wieder zurück zu bringen. Die Männer wurden mit den in Wien gekauften Holzfällerschutzanzügen ausgestattet. Sie mussten kräftig Hand anlegen und die Dioxin-Fässer aus der Höhle rollen. Den LKW des Kies- Werkes lenkte Bodo. Es durften keine Mitwisser geben. Er lud mit einem Kran die schweren Fässer auf und am Schrottplatz ab. In der Nacht ging alles planmäßig vonstatten. Am Morgen wurden die vollen Weinfässer in die Höhle verfrachtet. Anschließend sollten die drei Flüchtlinge auftragsgemäß über das Grenzgebiet zum Schlepper zurück gebracht werden. Das erwies sich für Bodo zu aufwendig. Sie wurden von Bodo irgendwo im Niemandsland nahe der Grenze ausgesetzt. Er drückte jeden Mann einen 10 Euro Schein in die Hand. Er warf den Müllsack mit der Leiche, die vorher in der Höhle gelegen war, aus dem Wagen. Das war alles. Die Afghanen würden nicht sprechen, sie hatten ja keine Ahnung was sie gemacht haben, im Gegenteil sie sollten froh sein, es über die Grenze geschafft zu haben ohne erwischt zu werden.

Il Bianco pfiff kurz und Bodo kam sofort angelaufen.
„Du hast dir eine Extraportion Stoff verdient", verkündete sein Herr launig und übergab ihm eine Tüte Kokain.
Die Welt für die zwei Verbrecher war wieder in Ordnung.

20

Hubert ging ungern ins Büro. Seine Arbeit fiel ihm schwer. Die Tage schleppten sich dahin, wie ein zäher Brei. Das passierte ihm zum ersten Mal in seinem Berufsleben. Schuld war diese Mafiosi Bande die ihn das Leben schwer gemacht hatten. Seit dem Fiasko der Höhlenuntersuchung, die seinem Freund Edwin passiert war, vermutete er ständig von korrupten Leuten umgeben zu sein. Er selber war sich sicher, dass in der Höhle rostige Metallfässer und nicht Eichen-Weinfässer lagerten. Doch seine Filme aus der Kamera musste er den Erpressern übergeben und sonst gab es keinen Beweis. Von irgendwelchem Ermittlungsfortschritt hörte er auch nichts von Edwin. Es war zum Verzweifeln.

Am Abend kam er müde nach Hause. Das Haus war leer. Nur ein Zettel war auf dem Küchentisch mit der Nachricht: „Ich bin zu meinen Eltern in die Villa gezogen." Was war geschehen? Hatten diese Gangster seine Frau bedroht und sie ist vor Angst geflüchtet?

Jetzt blickte er auf den PC, der eingeschaltet war und eine Nachricht an Sophie war geöffnet. Normalerweise sah er sich nie die Nachrichten für seine Frau an. Außer sie zeigte ihm eine von Saskia. Doch die ungewöhnliche Situation brachte ihn dazu, näher hinzuschauen. Da sah er die Nacktbilder von ihm und Steffi mit dem Vermerk. Damit Sie wissen, was Ihr Mann in der Freizeit treibt.

Hubert war entsetzt. Er hatte diese Peinlichkeit schon aus seinem Gedächtnis verdrängt und hoffte auf Ruhe. Nun dies.

Er rief sofort seine Frau an. Doch leider war nur die Mailbox an. Er beteuerte, dass alles nur eine Erpressung gewesen sei.

Er war mit den Nerven am Ende. Auch Edwin konnte er am Telefon nicht erreichen und bat ihn dringend zurück zu rufen.

Edwin arbeitete die letzte Woche fast Tag und Nacht. Er gönnte sich zwischendurch nur einen kleinen Imbiss am Stand und literweise Mocca. Er hatte nach seiner Niederlage nur eines im Sinn. Endlich diese Verbrecher hinter Gitter zu bringen. Die Spurensicherung hatte tatsächlich DNA Spuren an der Drahtschlinge der Taube identifizieren können. Der Aschenbecher wies unter anderem die gleiche auf. So stand fest, dass der Täter im Anwesen des Weinguts zu finden war. Die Suchmaschine ergab auch einen Volltreffer. Der Abgleich ergab mit 99 prozentiger Sicherheit die DNA des Bodo Slavic im Jahr 2009 für zwei Jahre Gefängnis verurteilt wegen Rauschgifthandel. Damit war erwiesen, dass dies eine Warnung an Hubert gerichtet war und die Gangster im Umfeld von Andre Tomaseli zu finden waren. Noch war dies kein Beweis, aber eine Spur. Tomaseli konnte immer behaupten, von den Spinnereien seines Dienstboten nichts gewusst zu haben, obwohl Edwin überzeugt war, dass er der Auftraggeber war. Solche Warnungen waren übliche Mafia-Erpresser-Methoden.

Während er überlegte, welche Schritte er unternehmen konnte, klingelte sein Privat-Telefon. Er nahm ab. Ein schluchzender Hubert war am Apparat.

„Edwin, nun ist alles aus. Sophie hat mich verlassen. Diese Gangster haben ihr die ominösen Bilder geschickt."

Der überlegte kurz, bis er antwortete. „Hubert, ich werde mit Steffi sprechen. Ich werde sie bitten, mit mir am Wochenende nach Graz zu fahren. Sie soll das Missverständnis persönlich aufklären."

Er sagte das so leicht, obwohl er nicht überzeugt war, dass Steffi sich auf diesen Handel einließ. Ihr waren diese Nacktbilder selber sehr peinlich nahe gegangen. Sie wollte von der ganzen Sache auch nichts mehr wissen. Sie hatten sich seit ihrem schönen Wochenende nicht mehr gesehen. Er hatte sich vorgenommen, erst wenn er Steffi gute Nachrichten überbringen konnte, wieder nach Eisenstadt zu fahren. Deshalb arbeitete er auch wie ein Verrückter. Die Sonderkommission durchforstete alle Akten und Computer, die beschlagnahmt worden sind. Bisher konnten sie nicht viel finden, was eine Anklage wegen Geldwäsche möglich machen würde.

Edwin rief Steffi an und erklärte ihr am Telefon, weshalb er sich seit Tagen nicht mehr gemeldet hatte. Sie wirkte auch sehr niedergeschlagen und deshalb erzählte er nichts von seinem Plan den Ehefrieden im Hause Steinwender wieder herzustellen. Er sagte nur. „Ich würde dich gerne am Wochenende ausführen. Aber diesmal nicht mit dem Motorrad, sondern mit dem Auto. Darf ich dich am Samstag-Morgen abholen? Ich denke ich benötige dringend einmal Abstand von der Arbeit. Ich möchte mich mit Schönem umgeben."

Steffi zögerte nicht lange, er spürte ihre Erleichterung, dass es einmal nicht nur um den Ermittlungs-Fall ging und sagte freudig zu.

Wie er ihr zu dem Treffen mit Sophie überreden konnte, wusste er noch nicht. Er musste es diplomatisch organisieren.

Edwin kontaktierte Sophie und bat sie um ein Treffen am Samstag. Er sagte, er brauche dringend eine Stilberatung für seine neue Wohnung in Baden bei Wien, er wäre sehr dankbar, wenn sie am Samstagvormittag zu ihm kommen könnte. Eine Architektin wäre vor Ort. Sophie war heiser, sie sei verkühlt, sagte sie. Edwin vermutete, dass sie geweint hatte. Er wünschte ihr Gesundheit und bat sie, falls es ihr bis dahin besser ginge, doch zu kommen und nannte die Adresse.

Edwin bemühte sich, alle Sorgen auszuklammern, als er am Samstagmorgen Steffi aus Eisenstadt abholte. Sein Auto, ein alter Porsche aus den Siebzigerjahren, das er selten benutzte, war auf Hochglanz poliert worden.

Steffi strahlte ihn an. „Ich freue mich wirklich, dich wieder zu sehen. Wohin entführst du mich?"

Er küsste sie zärtlich und flüsterte ihr ins Ohr. „Lass dich überraschen, diesmal geht es in Richtung Wien."

Als sie sich die Stadt Baden näherten, musste er sie doch irgendwie auf den Zweck dieser Reise vorbereiten, nur wie er das sagen sollte, wusste er nicht. Also fuhr er ganz langsam eine Nebenstraße entlang und begann:

„Steffi, wir werden heute und morgen unsere gemeinsame Zeit in der Stadt Wien verbringen. Ich habe schon einige kulturelle Vorstellungen vorgefühlt, wir machen was du gerne möchtest. Doch vorher habe ich eine große Bitte an Dich. Ich weiß, dass es schwer für Dich ist, doch du könntest zwei Menschen wieder glücklich machen, wenn du über deinen Schatten springst, und dich der Aufgabe stellst, die ich dir stelle."

Sie war etwas verunsichert wegen seiner langen Rede, die er stockend vorbrachte.

„Du machst mich neugierig, was ist zu tun?"

117

Er antwortete; „Du sollst Sophie, der Frau von deinem Kollegen Steinwender erklären, dass Ihr beide kein Verhältnis hatten."

„Bist du wahnsinnig, wie kommst du auf solche absurde Idee. Ich will die ganze peinliche Angelegenheit nur vergessen, sonst nichts."

„Ich konnte dir deshalb nicht die Wahrheit vorweg sagen, weil du nicht mitgekommen wärst, das weiß ich , doch diese Verbrecher haben das Foto-Mail an die Frau von Hubert Steinwender geschickt mit dem Zusatz, *damit Sie wissen, was Ihr Mann in der Freizeit treibt*. Sophie ist daraufhin nach 22 jähriger Ehe ausgezogen. Sie weiß übrigens nicht, dass du auch in der Wohnung sein wirst. Ich habe sie unter einem Vorwand nach Baden gebeten. Wir sind alte Freunde aus der Studentenzeit."

Steffi war enttäuscht und wütend. Sie hatte sich so sehr auf ein gemeinsames Wochenende mit Edwin gefreut. Dieses Treffen hatte nur den Zweck, seinen Freunden einen Gefallen zu erweisen. Am liebsten wäre sie ausgestiegen, doch das konnte sie nicht aus dem fahrenden Auto. Edwin wusste das und fuhr bewusst noch eine Runde um die Kleinstadt. Er versuchte, das Thema zu wechseln.

„Steffi, wie gefällt dir die Stadt Baden bei Wien? Ich frage dich deshalb, weil ich vorhabe hier diese Wohnung die wir heute besichtigen, zu erwerben. Ich bat Sophie um eine Stilberatung für die Einrichtung und wollte damit zwei Fliegen mit einer Klappe schlagen, wie man so sagt."

Sie antwortete: „Es ist hübsch und überschaubar, eine schöne Kleinstadt."

„Ich suchte sie aus mehreren Gründen aus.

Man ist relativ schnell in Wien und auch nach Eisenstadt ist es nicht weit. Ich dachte dabei an unsere Zukunft. Schauen wir uns die Lage gemeinsam an, wir können uns später entscheiden."

Steffi beruhigte sich ein wenig, während sie nachdachte. Sie konnte Sophie verstehen, sie würde wahrscheinlich ähnlich reagieren. Inzwischen kamen sie vor dem Haus an. Bäume begrenzten die Parkplätze, es war ein neu saniertes Haus aus der Gründerzeit mit hohen Fenstern. Sie gingen zur Rückseite des Gebäudes und fanden dort eine Spielwiese mit einem schönen Garten vor. Im Anschluss daran entdeckte man hinter dem Zaun eine Siedlung mit Einfamilienhäusern. Insgesamt vermittelte die Umgebung eine Ruhelage.

Edwin nahm Steffi bei der Hand und führte sie ins Haus. „Meine große Liebe, ich zeige dir, wenn du einverstanden bist, unser gemeinsames Heim für die Zukunft." Ein Lift, der offenbar später an die Rückseite angebaut worden ist, brachte sie in den dritten und letzten Stock. Sie gingen in die Wohnung und Steffi staunte und war begeistert von der Größenaufteilung und dem Zustand der Wohnung.

Sie strahlte und küsste ihren Partner, während sie verschämt eine Träne verdrückte.

Das Telefon klingelte. „Hallo Sophie, bist du schon vor dem Haus? Ich komme runter und hol dich ab."

Steffi stellte sich ans Fenster und blickte auf den Parkplatz. Sie sah eine Frau neben einem Cabrio stehen, das könnte sie sein. Eigenartig, dachte sie, Gegensätze ziehen sich offenbar an. Ihr Kollege Steinwender war ein wenig übergewichtig und wirkte wie ein gemütlicher Teddybär. Diese schlanke, elegante Dame könnte aus einem Modejournal sein. Aufgeregt wartete sie, bis sie eintraten. Sophie blieb wie angewurzelt stehen.

„Was soll das, Edwin! Diese junge Frau ist keine Architektin, sondern die Geliebte meines Mannes."

„Liebe Sophie, darf ich Dir vorstellen, das ist Frau Dr. Stefanie Schwarzl, meine Geliebte und zukünftige Ehefrau. Zufällig war sie die Kollegin von Hubert und ein Opfer der Erpresserbande wie er."

Zögernd kam Sophie näher, reichte ihr die Hand und sagte: „Das Missverständnis tut mir leid, ich freue mich wirklich für Edwin, dass er eine so hübsche Partnerin gefunden hat."

Das Eis war gebrochen und die zwei Damen unterhielten sich glänzend, während Sophie ihre Farb- und Einrichtungsvorschläge mit ihren mitgebrachten Katalogen Skizzen anfertigte.

Nach etlichen Stunden waren sie sich endlich einig über die Farb- und Einrichtungspläne.

Entspannt schlenderten die Drei durch einen Park in die Stadtmitte, wo Edwin bereits einen Tisch für sie in einem Restaurant vorbestellt hatte. Der Zander mit Kartoffeln und grünen Spargelspitzen schmeckte ihnen sehr, dazu ein Glas Riesling. Sophie verzichtete auf ein Dessert, sie wollte so rasch als möglich wieder nach Hause zu Hubert. Sie freute sich darauf, wieder bei Ihrem Mann zu Hause in Andritz zu sein. Das übertrieben noble Benehmen ihrer Mutter machte sie nervös. Aus der Distanz heraus, kam es ihr noch überspitzter und unwirklicher vor, als früher. Sie flüchtete nicht umsonst gleich nach dem Schulabschluss in eine Wohngemeinschaft, obwohl es in der Villa bequemer gewesen wäre.

Hubert wartete bereits mit einem Blumenstrauß, der das Foyer mit Duft erfüllte, sehnsüchtig auf seine Frau. Sie umarmten sich wortlos, beide versuchten ihre Tränen zu unterdrücken.

„Bitte, Hubert erzähle mir die ganze Geschichte, wir sind ein Ehepaar bis dass der Tod uns scheidet. Wir können einander nur vertrauen und helfen wenn wir unsere Sorgen und Nöte auch mitteilen."

Hubert zögerte: „Ich will alles so kurz als möglich erklären. Begonnen hat alles schon vor Jahren, als ich den Steuerbetrug in Zusammenhang mit den Südseeinseln verfolgte. Dieser brisante Fall, bei dem Millionen im sogenannten Steuerparadies verschwanden ist allen bekannt. Doch die tatsächlichen Hintermänner wurden nie gefasst oder verurteilt.

Diesmal wurde mir Frau Dr. Steffi Schwarzl, eine fähige Juristin aus Eisenstadt als Kollegin zugeteilt, weil sie an der Banksache Mattersburg, bei der wieder Milliarden versickerten, recherchierte und wir vielleicht gemeinsam die Betrügereien aufklären könnten. Irgendwie durch irgendwelche korrupte Beamte wurden die Verbrecher informiert und ich wurde von Banditen entführt und bei einer späteren Aktion gemeinsam mit Steffi betäubt und dann mit den Fotos erpresst. Edwin buchte für uns beide den Flug nach Paris, um dich und mich zu schützen. Steffi ließ sich krankschreiben. Die Akten wurden nach Wien den Sonderermittlern übergeben. Das war genau das, was die Verbrecher wollten, Verzögerungstaktik. Leider ist die Gefahr für uns noch immer nicht vorbei, deshalb bitte ich dich, sehr vorsichtig zu sein und nicht allein joggen zu gehen."

Sophie nickte und hielt ihn fest. „Gemeinsam stehen wir das alles durch. Zum Glück ist Saskia in Paris, da ist sie vorläufig sicherer als hier in Graz."

Edwin und Steffi verbrachten das Wochenende gemeinsam in seiner Wohnung in Wien. Tagsüber arbeiteten sie an den Kopien der Akten, die bei der Hausdurchsuchung im Weingut des Herrn Il Bianco beschlagnahmt wurden. Er hatte sich vorsorglich Kopien besorgt und mit nach Hause genommen. Offiziell war Steffi nicht mehr für diesen Fall zuständig, aber Edwin blieb keine Wahl. Er wusste, dass sie eine kompetente Hilfe zur Aufklärung war. Und es war auch so. „Schau, Edwin, dieser Name aus dem Ministerium ist sehr oft im Spiel, als es um die Verzögerung der Hausdurchsuchung ging.
Sektionschef Dr. Alfred Friedl. Dieser Mann war der Bremsklotz. Ich bin überzeugt, während dieser Zeitspanne wurden die Dioxin-Fässer gegen Weinfässer getauscht. Leider hat er nichts getan, was gesetzeswidrig war, aber er war eine große Hilfe für diesen Deal, die Zeit reichte. Wo sind die Giftfässer gebracht worden? Die sind eine Lebensgefahr und könnten Trinkwasser vergiften, diese Gauner kennen keine Skrupel."
Edwin überlegte, ob er diesen Dr. Friedl kannte. Er erinnerte sich nicht. Es war zum Verzweifeln. Man wusste, dass die Gefahr lauerte, nur wo sie angriff, wusste man nicht.

122

„Steffi, ich werde am Montag diesem Sektionschef einen Besuch abstatten, vielleicht wusste er gar nicht warum er diese Hinhaltetaktik veranstalten sollte. Il Bianco hat ihm sicher nicht den wahren Grund gesagt."

Das Wetter am Sonntag war warm und schön gewesen. Trotzdem verließen Edwin und Steffi die Wohnung nur kurz um essen zu gehen. Erst am Abend brachte Edwin seine Geliebte wieder nach Eisenstadt. Der Abschied fiel beiden schwer, doch Steffi musste am Montag wieder zum Arzt, wegen der Krankmeldung. Edwin hatte vor dem Büro des Umwelt- Bundesministeriums einen Besuch abzustatten. Es musste alles getan werden, die Dioxin-Fässer zu finden und ordnungsgemäß zu entsorgen.

Während er wieder in Richtung Wien fuhr, erhielt er einen Anruf eines Kollegen der für ihn die Spurensicherung bei der Drahtschlinge des toten Vogels mit den Spuren am Aschenbecher vorgenommen und identifiziert hatte. Der Tierquäler war der Angestellte von Il Bianco gewesen. Das Delikt reichte nicht für eine Anklage.

„Hallo Edwin, Spaziergänger haben in einem Wald in Grenznähe eine Leiche gefunden. Er wurde mit einer Drahtschlinge ermordet. Das hat mich an deinen toten Vogel erinnert."

Edwin konnte es kaum glauben. Diese Leiche könnte zur Verhaftung der Täter beitragen.

„Ich danke dir für die Information. Bitte noch keine Details an die Presse weitergeben, ich denke ich kenne den Täter. Wir wollen ihn nicht zu früh warnen."

Er veranlasste, dass vor der Obduktion und Identifizierung der Leiche die DNA mit den Spuren am toten Vogel verglichen würde.

Am nächsten Morgen war es sicher. Die DNA stimmte überein.

Daraufhin veranlasste er über die steirischen Kollegen einen Haftbefehl für Bodo Slavic. Anschließend wurde auch die Identität der Leiche festgestellt. Es war ein Umweltschützer vom Verein Fledermausschutz, der vor zwei Jahren vermisst gemeldet wurde und vermutlich im Dachsteingebiet in einer Gletscherspalte umgekommen wäre.

21

Il Bianco war verärgert, als am frühen Morgen eine Polizei-Truppe seinen Schlaf störte und Einlass begehrte. Nach Vorzeigen des Haftbefehls an der Videokamera, ließ er die Polizisten in den Hof. Die stürmten sogleich in alle Richtungen los und konnten mit Hilfe eines Schäferhundes den flüchtigen Bodo Slavic festnehmen. Das konnte auch für ihn selbst, den weißen Mann gefährlich werden, deshalb rief er ihm nach.

„Bodo, ich besorge dir einen Anwalt, ich weiß, dass du unschuldig bist."

Was war zu tun. Il Bianco überlegte fieberhaft. Es wurde Zeit, dieses schöne Weingut gegen eine Datscha zu tauschen. In dieser Woche noch würde er über Zürich nach Weißrussland fliegen. Mit dem Geldkoffer wird es erst einmal reichen, dort eine neue Identität zu erkaufen. Später konnte er sein Domizil in der Dominikanischen Republik aufschlagen. Er hatte vorsorglich auf der ganzen Welt seine Fühler ausgestreckt und konnte wo immer es ihm gefiel, bleiben.

Il Bianco überlegte: Wenn sein Handlanger wegen Mordes in Österreich verurteilt wird, hatte dieser für längere Zeit Vollpension gratis, was wollte ein ehemaliger Kosovo-Kämpfer mehr? Er selber hatte mit dem Ermordeten nichts zu schaffen ihn auch nie persönlich gesehen. Dessen Erpresserbriefe wegen der Dioxinfässer hatte er längst vernichtet. Bodo wollte ihm damals seine Dankbarkeit zeigen, indem er den Erpresser beseitigte. Wie, das interessierte Il Bianco nicht.

Die Zeit mit Bodo war vergessen.

22

Edwin war erleichtert, einen Schritt weitergekommen zu sein. Nur durch die Tatsache, dass die DNA Spuren an den Drahtschlingen gesichert waren, überführten den Mörder, der noch immer hartnäckig leugnete. Langsam bekam der Süchtige Entzugserscheinungen, er verlangte immer dringlicher nach seinem Dienstgeber Andre Tomaseli. Der sandte ihm zwar einen Anwalt, aber Stoff wurde keiner gebracht. Ein Il Bianco machte sich nicht die Hände schmutzig wegen eines drogensüchtigen Bodo. Edwin war mit dem zuständigen Kriminalkommissariat vernetzt. Für ihn war klar, dass dieser Mord ein Auftragsmord war. Bodo hätte keinen Grund, einen harmlosen Umweltschützer zu ermorden. Der Auftrag wurde von Andre Tomaseli erteilt, doch wie konnte man ihm das nachweisen? Einzig allein Bodo Slavic konnte ihn belasten, der würde es auch tun, wenn er erfuhr, dass sein Gebieter ihn eiskalt sitzen gelassen hatte.

Als Bodo so heftige Entzugserscheinungen bekam, sodass er in die Krankenstation gebracht wurde, bat Edwin seinem Kollegen, bei einem Verhör dabei sein zu dürfen. Dies geschah, nachdem der Patient Ersatzdrogen erhielt, die eine Vernehmung ermöglichte.

Bodo der Dünne, erkannte Edwin sofort wieder und reagierte heftig.

„Herr Bodo Slavic, Sie könnten Ihre Situation sehr erleichtern, wenn Sie zugeben, dass Herr Tomaseli Sie beauftragt hat, den Erpresser zu beseitigen. Sie selbst haben kein Motiv. Denken Sie ernsthaft nach. "

Mit ruhiger Stimme versuchte Edwin ihn zu einer Aussage zu bringen, doch dieser schwieg hartnäckig."

Edwin fuhr wieder unverrichteter Dinge zurück nach Wien. Er hatte beim Büro Dr. Friedl eine dienstliche Anfrage wegen eines Termins gemacht und fuhr direkt ins Ministerium.

Das Büro des Sektionschefs war geräumig und modern ausgestattet. Er begrüßte Edwin zurückhaltend freundlich.

„Herr Bauer, wie kann ich Ihnen helfen. In welcher Angelegenheit möchten Sie mich sprechen?"

Edwin nahm sich mit der Antwort Zeit. Er setzte sich ruhig auf den angebotenen Stuhl und blickte seinem Gegenüber direkt in die Augen.

„Woher kennen Sie einen gewissen Herrn Andre Tomaseli?"

Der Angesprochene zuckte nervös mit den Augenbrauen ehe er hastig antwortete.

„Wer will das wissen?"

„Zum Beispiel die Sonderkommission des Ministeriums für Wirtschaftskriminalität."

„Lieber Herr Kollege, ich weiß, dass Sie im Kriminalministerium tätig sind. Doch ich wüsste nicht, weshalb Sie zu mir kommen."

So, so, dachte Edwin, der Herr Dr. Friedl hatte sich über seinen Besuch doch vorher informiert, das war auch sein gutes Recht. Edwin sprach langsam und bedächtig.

„Wissen Sie, ich habe mich über die Verzögerung des Hausdurchsuchungsbeschlusses beim Anwesen des Herrn Andre Tomaseli gewundert. Wir haben seit einiger Zeit seine Kontaktpersonen überprüft, weil diese Observation notwendig war. Sie wurden mehrmals von ihm zum Essen eingeladen."

Der Sektionschef wurde blass und stotterte. „Wir haben gemeinsame Golffreunde, deshalb haben wir uns einige Male getroffen und uns rein privat über diesen Sport unterhalten. Ich bin ein mittelmäßiger Spieler, das Handicap von Andre ist miserabel, deshalb wollte er die Adresse eines guten Golflehrers, den ich empfehlen könnte."

Edwin lächelte. „Ich wollte Sie nur vor diesem Herrn warnen, das war ein rein freundschaftlicher Besuch. Gutes Spiel beim nächsten Golfturnier wünsche ich noch."

Damit verabschiedete er sich mit einer knappen Verbeugung und ging.

Dr. Friedl nahm sich vor, am Abend seinen Freund Andre mit dem Wertkartenhandy Hause anrufen, hier im Amt war ihm das zu gefährlich. Am Nachhauseweg blieb er bei einer Tankstelle stehen und holte das einfache Wertkartenhandy zur Hand, das er von Tomaseli erhalten hatte. Er drückte mehrmals auf Wahlwiederholung, stets hieß es: Kein Anschluss unter dieser Nummer. Das machte ihn noch nervöser, er wollte ihn vor der Überwachung warnen und raten ihm vorläufig keine Einladungen per SMS zu senden.

Als Edwin in seinem eigenen Büro ankam, machte er einmal eine kurze Pause. Dann prüfte er nochmals, wieder und wieder die Akte des Andre Tomaseli. Es war

128

wie verhext, diese Person hatte tausende kleiner Anleger betrogen, hatte Schlupflöcher in Steueroasen gefunden, ist reicher und reicher geworden. Man konnte ihm nichts nachweisen. Er war sich sicher, dass er den Mord beauftragt hatte, Bodo Slavic hatte in seinem Auftrag gehandelt. Wahrscheinlich war er auch für den tödlichen Unfall seiner Frau Monika verantwortlich. Es nützte alles nichts, bevor der Untersuchungshäftling nicht die Wahrheit gestand, konnte man nichts tun.

Zunehmend machte er sich auch Sorgen wegen der Dioxinfässer. Wenn die in irgendeinem seiner Kieswerke versteckt wurden, könnte das für das Grundwasser katastrophal werden. Doch nach der für ihn peinlichen Durchsuchung der Höhle hatte er keine Chance alle Kieswerke überprüfen zu lassen.

Auf dem Nachhauseweg telefonierte er nochmals mit Steffi. Sie spürte seine depressive Stimmung und versuchte ihn aufzuheitern. Plötzlich hörte er über den Polizeifunk, den er im Auto immer eingeschaltet hatte.

„Drei männliche Flüchtlinge in einem Wald im Grenzbereich aufgegriffen."

Edwin wurde hellhörig. Könnte es sein, dass diese Männer zufällig beobachtet hatten, wie die Leiche entsorgt wurde?

Über einen Kollegen erfuhr er in welcher Dienststelle die drei Flüchtlinge versorgt wurden. Er rief den Leiter der Ortsstelle an. Was dieser erzählte, war sehr mysteriös. Die Afghanen waren mit nagelneuer Kleidung für Forstarbeiter ausgestattet. Ein Dolmetscher war schon vor Ort. Edwin sagte, er möchte diese Angelegenheit persönlich behandeln, er erwarte noch heute die Männer in der Bundesbetreuungsstelle Ost in Traiskirchen. Er fuhr nicht nach Hause, sondern sogleich zur

Erstaufnahmestelle. Dort angekommen, wartete er ungeduldig, bis der Wagentross ankam. Es war wirklich ein kurioses Bild, das die Afghanen abgaben. Die Kleidung war zwar verschmutzt, jedoch konnte man sehen, dass es Markenware aus einem österreichischen Baumarkt war, sogar das gestickte Firmenlogo wies darauf hin. Alle nahmen im Vernehmungsraum Platz, Kaffee, Tee und Wasser wurde gereicht. Mit Essen waren sie schon erstversorgt worden. Der Dolmetscher bemühte sich, die Fragen von Edwin Bauer so deutlich wie möglich zu formulieren. Einer von den Afghanen sprach Englisch, das erleichterte die Vernehmung. Sie erzählten, dass sie in Kroatien auf einem LKW unter Kies versteckt über die Grenze nach Österreich geschmuggelt wurden. Dann mussten sie große Fässer aus einem Weinberg auf einen LKW verladen. Mit einem Hubstapler, dann seien die Fässer in eine Höhle gebracht. Andere schwere Metallfässer mussten sie aus der Höhle schieben und auf den LKW heben. Auch einen schwarzen Müllsack.

Edwin war aufgeregt, wie bei seiner ersten Vernehmung seiner Amtszeit. Das war die Lösung des Falles. Nun musste er nur noch erfahren, wohin diese Dioxin-Fässer gebracht wurden, bevor ein Unglück passiert.

Er fragte, wo diese Fässer abgeladen wurden. Leider konnte niemand sagen, wo das war. Sie wussten nur, dass sich dort ein großer Schrottplatz befand. In der Nähe befand sich ein Bahnhof. Neben dem großen Gebäude, sahen sie Gleise und Güterzüge. Das Tor war offen, Kräne sortierten den Schrott So etwas kannten sie aus ihrer Heimat.

Edwin blickte auf seinem Laptop und überlegte, welcher Schrottplatz das sei. Es gab einige in der Steiermark. Es war klar: Sie wählten sicher die kürzeste Route vom Annagraben zur Entladestelle.

Er zoomte das Bild eines großen Schrottplatzes nördlich von Graz, Nähe Bahnhof und zeigte es.

„Ja so hat es ausgesehen", war ihre Antwort.

Edwin konnte nur hoffen, dass es der richtige war. Nochmals konnte er sich eine Panne mit dem Großaufgebot an Sicherheitsmaßnahmen nicht leisten. Er riskierte es und forderte wieder die Spezialtruppe für Gefahrentransporte an. Die Dioxinfässer sollten im Sicherheitstrakt in Zwentendorf zwischengelagert und irgendwann ordnungsgemäß vernichtet werden. Der Auftrag wird am nächsten Tag durchgeführt werden. Doch zuerst mussten die Fässer gefunden sein. Deshalb rief er bei der Polizeidienststelle Graz Hauptbahnhof und sprach mit dem Leiter der Dienststelle. Er erklärte ihm, wie heikel und geheim diese Ortung durchgeführt werden müsste und ersuchte, ihn persönlich die Durchführung zu überwachen. Falls das Gefahrengut sich an diesem Schrottplatz befinden sollte, müsste er umgehend gesperrt und bis zum Eintreffen der Sondereinheit gesichert und überwacht werden.

Der Angesprochene zierte sich und wollte mit Ausreden die Verantwortung an das Bezirksamt abschieben, doch Edwin machte Druck als Ministerialbeamter, dann wurde dieser kleinlaut und erklärte sich bereit, die nötigen Schritte zu veranlassen.

Edwin wartete nervös auf den Rückruf. Endlich, die erlösende Nachricht. Alle sechs Fässer wurden gefunden. Sie wären erst in der kommenden Woche für die Schrottpresse bestimmt gewesen. Die Arbeiter mussten ihre Schicht vorzeitig beenden, sie konnten nach Hause gehen. Sie rätselten, weshalb sie so schnell den

Arbeitsort verlassen mussten, ob eine Bombe im Schrott versteckt war? Der Betrieb war bis auf weiteres gesperrt worden und wurde von der Spezialtruppe Cobra bewacht.

Edwin ruhte sich einige Stunden aus, er würde am frühen Morgen den feinen Herrn Andre Tomaseli einen Besuch abstatten. Nun hatte er endlich einen Grund, ihn festzunehmen. Der Tatbestand der schweren bewussten Umweltvergiftung war bewiesen, den Auftragsmord wird sein Helfer sicher bald zugeben. Er wäre dumm, diese Chance der Straferleichterung nicht wahrzunehmen.

23

Il Bianco trank genüsslich einen letzten Schluck seines Silvaners aus dem eigenen Weingarten, bevor er ins Taxi stieg. Zum Flughafen Graz-Thalerhof war es nicht weit. Ein wenig Wehmut beschlich ihn schon, als er das Weingut veräußerte. In der Vorwoche erhielt ein Investor der rasch handelte, den Zuschlag. Alles strenge geheim. noch einige Millionen für seine Zukunft mit dem neuen Reisepass. Konsul Marco Brunelli wird er sich nennen. Außerdem hatte er nun keinerlei Besitztümer im Land, die gepfändet werden konnten. Ein letzter Racheakt an das Finanzamt. Den Steinbruch im Annagraben hatte er vorher schon dem Verein zum Schutz der Fledermaus notariell als Schenkung übergeben. Das war zynisch in Anbetracht des toten Reporters, vielleicht auch ein wenig schlechtes Gewissen, weil er Bodo beauftragte, die Plage wie er den Reporter genannt hatte, zu beseitigen. Das hieß bei dem Kosovo Kämpfer kurz und schmerzlos: Drahtschlinge. Die Tierschützer werden sich freuen, wenn sie es erfahren.

Er bestieg die Abendmaschine in Richtung Zürich zu gleicher Zeit, als Edwin in Traiskirchen bei der Befragung der aufgegriffenen Afghanen anwesend war. Die menschlichen Schicksale sind oft sonderbar. Die Flüchtlinge hatten Zeiten von Angst und Schrecken hinter sich, waren nun froh, in Österreich in Sicherheit zu sein. Während dessen verließ Il Bianco diesen friedlichen Ort. Eigentlich war auch er auf der Flucht. Er floh vor dem drohenden Prozess wegen Steuerhinterziehung und Anstiftung zum Mord. Nicht zu vergessen wegen unsachgemäßer Lagerung von gefährlichen Stoffen, Dioxin.

Der Flug verlief ruhig und er war entspannt. Seinen üblichen weißen Anzug hatte er diesmal gegen einen dunkelblauen Zweireiher getauscht. Er wollte nicht zu sehr auffallen. In Zürich erwartete ihn in einem Hotelzimmer ein dezent gekleideter Herr mit einem Metallkoffer. Die Zürich Bank bediente ihre guten Kunden mit speziellem Service. In wenigen Stunden wird er mit dem Privatjet eines Freundes nach Minsk zur Republik Belarus fliegen. Er, ein neugeborener Herr Konsul Marco Brunelli. Ein Andre Tomaseli hatte sich in den Wolken hoch über den Alpen aufgelöst.
Vorher stärkte er sich noch ausgiebig mit Zürcher Geschnetzelten und Spätzle, nomen est omen. Man weiß ja nie, wann man wieder so deftige mitteleuropäische Speisen zwischen die Zähne bekommt, dachte er. Bei der Auswahl eines Namens für sein zukünftiges Leben hatte er so seine Vorstellungen. Zuerst dachte er an Puccini oder Verdi, doch dann entschied er sich ganz banal für die teurere Variante, Konsul Marco Brunelli der Name war ihm gleich vertraut. Zuerst wurde ihm gesagt, er müsse nehmen was am Markt war. Echte Reisedokumente gab es seit der Digitalisierung nicht mehr so häufig. Also begnügte er sich mit dem Reisepass Konsul Marco Brunelli. Klang doch edel, oder? Teuer genug war er.

Das Flugzeug umkreiste nochmals die Stadt. Konsul Marco Brunelli blickte auf die verblassenden blinkenden Lichter von Zürich und lehnte sich in die Lederpolsterung während er ein Glas Champagner trank. „Auf in ein neues Leben", prostete er seinem Sitz-Nachbarn zu, der ihn nicht verstand, weil dieser nur russisch sprach. „Na zdororowje"

24

Edwin Bauer hatte sich nach einem kurzen Telefonat mit Steffi zu Bett gegeben, schlief unruhig und stand um vier Uhr am Morgen schon auf.

Er hatte die örtliche Polizeidienststelle in Leutschach informiert und um Amtshilfe gebeten. Den Haftbefehl für Andre Tomaseli hatte er schon in der Tasche, rechnete nicht mit einer widerstandslosen Festnahme. Nach gut zwei Stunden Autofahrt war er vor dem Tor des Anwesens angekommen. Zwei Polizeibeamte standen ihn zur Seite. Das Anwesen wirkte verlassen und leer, auf das Klingeln reagierte niemand. Die Telefonnummer war laut Auskunft gesperrt. Ein alter Mercedes kam Weinstraße entlang und blieb stehen. Ein behäbiger Mann im Trachtenanzug stieg aus. „Guten Tag, die Herren, sind Sie ein Herr Kriminalrat Edwin Bauer aus Wien?"

„Ich bin zwar kein Kriminalrat, aber ich heiße Edwin Bauer und wer sind Sie."

„Ich bin der Bürgermeister des Ortes und ich habe den Auftrag Ihnen ein Geschenk zu überreichen. Ein feiner Herr, der Herr Andre Tomaseli, er hat auch der Feuerwehr eine großzügige Spende überreicht. Ihnen soll ich diese Kiste mit Wein aus seinem Weingut mit den besten Wünschen übergeben."

Edwin befürchtete Schlimmes. „Was soll das, ich bin hier um diesen Herrn in Gewahrsam zu nehmen."

„Das wird nicht möglich sein, denn er hat das Anwesen verkauft und ist seit ein paar Tagen unbekannt verreist." Mit diesen Worten holte er eine Kiste mit 6 Flaschen Wein aus seinem Kofferraum und stellte es ihm vor die Füße. Wohl bekomm s, soll ich ausrichten." Er stieg ins Auto und fuhr davon.

Edwin war am Boden zerstört. Dieser Gauner hatte ihn schon wieder ausgetrickst und zum Gespött seiner Kollegen gemacht. So rasch als möglich verabschiedete er sich von den Polizeibeamten und fuhr wieder zurück in Richtung Wien. Der einzige Trost an dieser Aktion war, dass er mit der Entsorgung der Giftfässer Schlimmes verhindern konnte und außerdem ein gemeingefährlicher Mörder hinter Gittern gebracht wurde.

Die großen Wirtschaftskriminellen kommen fast immer ungeschoren davon, dachte Edwin. Dieser Il Bianco wird irgendwo in der Welt wieder seine Fäden ziehen und kleine Anleger betrügen.

Unterwegs telefonierte er mit Steffi von seinem Erfolg und seiner Niederlage.

Hubert erreichte er in seinem Büro und seine Stimmung hellte sich ein wenig auf, als dieser über seinen Bericht mit Freude und Erleichterung reagiert hatte.

„Nun kann ich endlich wieder ruhig schlafen und muss nicht zittern, wenn Sophie eine halbe Stunde zu spät nach Hause kommt."

In Wien machte Edwin zunächst Ordnung auf seinem Schreibtisch. Für ihn war der Fall zunächst erledigt, die Richter und Staatsanwälte kamen zum Zug.

Das wäre doch die Gelegenheit, endlich seinen wohlverdienten Urlaub zu beantragen. Gesagt, getan. Ab ging es mit seinem Motorrad nach Eisenstadt.

Steffi war überrascht über seinen Besuch. Er hatte Blumen und eine kleine Box mitgebracht. Im Hof des Anwesens auf der Bank, auf der sie schon oft gesessen sind, legte er die Blumen und die Schachtel hin:

„Liebe Steffi, das ist ein Verlobungsring und ein Schlüssel. Wenn du beides annimmst, können wir in einigen Wochen in die Wohnung nach Baden ziehen. Ich habe genau überlegt, du hättest nur eine halbe Stunde Fahrzeit bis zu deiner Arbeit, für mich ist es etwas länger nach Wien, aber bei meiner flexiblen Arbeitszeit spielt das keine Rolle."

Sie schaute ihn lange an und er wurde schon nervös und befürchtete ein Nein.

„Das passt wunderbar, sagte sie verschmitzt, ich wollte sowieso von meiner Mutter wieder ausziehen, hier ist es doch ein wenig eng."

Er blickte enttäuscht drein. „Nur weil du von der Mutter weg willst?"

„Aber nein, du bist meine erste große Liebe und für mich wird es auch Zeit, endlich einen gemeinsamen Haushalt mit einem Mann zu haben, das muss ich erst lernen."

Es klingt fast kitschig schön, aber nun hatte diese Schreckenszeit für sie ein gutes Ende gefunden und einen noch schöneren Anfang.

Drei Wochen später war Edwin wieder in seinem Büro, der Urlaub war zu Ende, die Wohnung fast fertig eingerichtet. Er schloss seinen Tresor für wichtige

Dokumente auf, da fiel ihm das Paket mit dem Vermerk Steinbruchkontrakt in die Hände. Er hatte das Geld, das er aus der Höhle mitgenommen hatte, vergessen. Was sollte er tun. Natürlich wäre es ein willkommenes Budget für seine fast fertig eingerichtete Wohnung. Doch nein, er entschied sich für etwas anderes.

Die Woche verflog rasch und am Samstag gab seine Steffi eine Einweihungsparty für die Freunde Hubert und Sophie in der neuen Wohnung in Baden. Sie hatte einen ausgezeichneten Caterer beauftragt und es gab alles nur vom Feinsten. Sie aßen und tranken und lachten. Edwin erzählte lustige Begebenheiten aus ihrer Studentenzeit und Steffi staunte über den lockeren Hubert, den sie nur als korrekten, steifen Beamten kannte.

Die Wohnung war geräumig, sodass die Gäste im Gästezimmer übernachten konnten.

Am Morgen beim gemeinsamen Frühstück wurde die Zeitung herumgereicht. Steffi lachte und sagte: „Schaut was da steht: Im Kinderdorf wurde eine Schachtel von einem Unbekannten vor die Tür gelegt. Mit dem Vermerk: Spende eines Unbekannten Es befanden sich fünfzigtausend Euro in bar. Es muss nur noch geprüft werden, ob die Scheine echt sind. Edwin, das Geld könnten wir auch brauchen."

Hubert verschluckte sich, hustete und schaute Edwin an. Beide wussten, wer der unbekannte Spender war. Das blieb ihr Geheimnis. Der Steinbruchkontrakt

ÜBER DEN AUTOR

Friederike Mattes veröffentlicht ihre Bücher als
Autorin   EVA FRIEKO

Die Romane und Erzählungen sind sozialkritisch und
behandeln spannende Themen der Zeit; wie
Arbeitslosigkeit, Flucht, Machtgier und Korruption

FREIER FALL Ablaufdatum mit 40 -

SUCH DEN HERZKÖNIG

SCHWARZ WEISSE GESCHICHTEN
Kurzgeschichten

Einige Gedichte und Kurzgeschichten bei Anthologien

DER RAND AM LAND Lyrik Autorenforum Passail

WESTWÄRTS FLIESST DER FLUSS

VERMISST am 11. September

KALTGESTELLT und die Mücken fliegen im Park

Herstellung und Verlag:
BoD - Books on Demand, Norderstedt
ISBN 978-3-7526-5998-6